D063943?

Les Éditions du Boréal
4447, rue Saint-Denis
Montréal (Québec) H2J 2L2
www.editionsboreal.qc.ca

L'ÉNIGME DU RETOUR

DU MÊME AUTEUR

Comment faire l'amour avec un Nègre sans se fatiguer, VLB, 1985 ; Belfond, 1989 ; J'ai lu, 1990 ; Le Serpent à plumes, 1999 ; Typo, 2002.

Éroshima, VLB, 1991 ; Typo, 1998.

L'Odeur du café, VLB, 1991 ; Typo, 1999 ; Le Serpent à plumes, 2001.

Le Goût des jeunes filles, VLB, 1992 ; Grasset, 2005.

Cette grenade dans la main du jeune Nègre est-elle une arme ou un fruit ?, VLB, 1993 (épuisé) ; Typo, 2000 (épuisé) ; nouvelle édition revue par l'auteur, VLB, 2002 ; Le Serpent à plumes, 2002.

Chroniques de la dérive douce, VLB, 1994.

Pays sans chapeau, Lanctôt éditeur, 1996 ; Boréal, coll. « Boréal compact », 2006.

La Chair du maître, Lanctôt éditeur, 1997 ; Le Serpent à plumes, 2000.

Le Charme des après-midi sans fin, Lanctôt éditeur, 1997 ; Le Serpent à plumes, 1998.

J'écris comme je vis. Entretiens avec Bernard Magnier, Lanctôt éditeur, 2000 ; La Passe du vent, 2000.

Le Cri des oiseaux fous, Lanctôt éditeur, 2000 ; Le Serpent à plumes, 2000.

Je suis fatigué, Lanctôt éditeur, 2001 ; Initiales, 2001.

Vers le sud, Boréal/Grasset & Fasquelle, 2006.

Je suis un écrivain japonais, Boréal/Grasset & Fasquelle, 2008 ; coll. « Boréal compact », 2009.

Dany Laferrière

L'ÉNIGME DU RETOUR

roman

Boréal

Les Éditions du Boréal reconnaissent l'aide financière du gouvernement
du Canada par l'entremise du Programme d'aide au développement
de l'industrie de l'édition (PADIÉ) pour ses activités d'édition et remercient
le Conseil des Arts du Canada pour son soutien financier.

Les Éditions du Boréal sont inscrites au Programme d'aide aux entreprises
du livre et de l'édition spécialisée de la SODEC et bénéficient du Programme
de crédit d'impôt pour l'édition de livres du gouvernement du Québec.

Diffusion au Canada : Dimedia

*Catalogage avant publication de Bibliothèque et Archives nationales du Québec
et Bibliothèque et Archives Canada*
Laferrière, Dany
   L'énigme du retour
   Publ. en collab. avec Grasset
   ISBN 978-2-7646-0670-4
   I. Titre.
PS8573.A348E55   2009   C843'.54   C2009-941019-2
PS9573.A348E55   2009

Au bout du petit matin…

AIMÉ CÉSAIRE,
Cahier d'un retour au pays natal, 1939

À Dany Charles, mon neveu,
qui vit à Port-au-Prince.

I

Lents préparatifs de départ

LE COUP DE FIL

La nouvelle coupe la nuit en deux.
L'appel téléphonique fatal
que tout homme d'âge mûr
reçoit un jour.
Mon père vient de mourir.

J'ai pris la route tôt ce matin.
Sans destination.
Comme ma vie à partir de maintenant.

Je m'arrête en chemin pour déjeuner.
Des œufs au bacon, du pain grillé et un café brûlant.
M'assois près de la fenêtre.
Piquant soleil qui me réchauffe la joue droite.
Coup d'œil distrait sur le journal.
Image sanglante d'un accident de la route.
On vend la mort anonyme en Amérique.

Je regarde la serveuse circuler
entre les tables.
Tout affairée.
La nuque en sueur.

La radio passe cette chanson western
qui raconte l'histoire d'un cow-boy
malheureux en amour.
La serveuse a une fleur rouge tatouée
sur l'épaule droite.
Elle se retourne et me fait un triste sourire.

Je laisse le pourboire sur le journal
à côté de la tasse de café froid.
En allant vers la voiture je tente d'imaginer
la solitude d'un homme face à la mort
dans un lit d'hôpital d'un pays étranger.

« La mort expire dans une blanche mare de silence »,
écrit le jeune poète martiniquais Aimé Césaire
en 1938.
Que peut-on savoir de l'exil et de la mort
quand on a à peine vingt-cinq ans ?

Je reprends l'autoroute 40.
Petits villages engourdis
le long d'un fleuve gelé.
Où se sont-ils tous terrés ?
Le peuple invisible.

L'impression de découvrir
des territoires vierges.
Je prends, sans raison,
ce chemin de campagne
qui me retardera d'une heure.

Vaste pays de glace.
Il m'est encore difficile
même après tant d'années
d'imaginer la forme
que prendra l'été prochain.

La glace brûle
plus profondément
que le feu
mais l'herbe se souvient
de la caresse du soleil.

Il y a, sous cette glace,
des désirs plus brûlants
et des élans plus vifs
qu'en n'importe quelle autre saison.
Les femmes d'ici le savent.

Les hommes travaillent en sueur et
le premier qui ouvre la bouche est une mauviette.
Le silence est de rigueur dans la forêt
si on ne veut pas être surpris par l'ours.

À force de nourrir ce silence
le vide s'est emparé de lui
et l'homme n'est plus qu'un arbre sec
qui craque dans la neige.

La faim qui fait sortir le loup du bois
pousse le bûcheron vers la maison.

Le voilà assoupi, après la soupe,
près de la cheminée.
La femme raconte ce qu'on a dit à la radio.
C'est toujours à propos de la guerre ou du chômage.
Ainsi passent les siècles dans ces villages du Nord.

Bien au chaud, on cause aisément
tout en pansant de vieilles blessures.
Les blessures dont on a honte
ne se guérissent pas.

Je panique toujours quand
je n'entends aucun bruit humain.
Je suis un animal de ville
habité par le staccato des talons
d'une femme qui arrive derrière moi.

J'ai perdu tous mes repères.
La neige a tout recouvert.
Et la glace a brûlé les odeurs.
Le règne de l'hiver.
Seul l'habitant pourrait trouver ici son chemin.

Un gros camion d'un jaune éclatant me frôle.
Le chauffeur, tout heureux de croiser
enfin quelqu'un sur son chemin,
klaxonne à tue-tête.
Il file vers le sud.
Je continue vers ce nord lumineux
qui m'aveugle et m'exalte à la fois.

Je sais qu'au bout de cette route
un barbu plein de fureurs et de douceurs,
au milieu d'une meute de chiens,
tente d'écrire le grand roman américain.

Terré dans ce village endormi de Trois-Pistoles
au bord d'un fleuve gelé,
il est le seul, aujourd'hui, qui sache
danser avec les fantômes, les fous et les morts.

Cette lumière bleutée
rasant le fleuve
m'aspire d'un seul souffle.
La voiture fait une embardée.
Je reprends le contrôle juste à temps.
Mourir dans la beauté des choses
n'est pas donné au petit-bourgeois
que je suis.

Je suis conscient d'être dans un monde
à l'opposé du mien.
Le feu du Sud croisant
la glace du Nord
fait une mer tempérée de larmes.

Quand la route est droite comme ça
la glace des deux côtés
et aucun nuage qui permette
de se repérer dans ce ciel de midi
d'un bleu si uni
je touche à l'infini.

Nous sommes bien chez les nordiques
qui boivent à perdre la tête
en dansant une folle gigue.
Ils lancent des obscénités vers le ciel
tout étonnés de se découvrir seuls
sur une si grande étendue de glace.

L'impression de conduire
dans un de ces tableaux
bon marché accroché
au-dessus de la cheminée.
Paysage à l'intérieur de paysage.

Tout au bout du chemin de terre flotte
sans que ses pieds touchent le sol
cette petite fille aux cheveux noirs
et à la robe jaune fièvre.
La même qui occupe mes songes
depuis l'été de mes dix ans.

Un coup d'œil sur le tableau de bord
pour voir ce qu'il reste de gazoline.
La moindre panne sur cette route
équivaut à une mort certaine.
Le froid, magnanime, engourdit avant de tuer.

Les chiens se battant entre eux sous la table.
Les chats jouant avec leur ombre.
Le petit cabri broutant la moquette.
Le maître de maison est parti dans les bois
pour la journée, me dit la vieille cuisinière.

Je me retourne en franchissant la porte
pour voir les chats faire un sort
à ce gros manuscrit tombé de l'étagère.
Le sourire indulgent de la cuisinière semble dire
qu'ici les animaux passent avant la littérature.

Retour vers Montréal.
Fatigué.
Je m'arrête sur le bord du chemin.
Courte sieste dans la voiture.

Déjà l'enfance derrière les paupières closes.
Je flâne sous le soleil tropical
mais il est froid comme la mort.
L'envie de pisser me réveille.
Une douleur brûlante précède ce jet saccadé.

La même émotion chaque fois
que j'aperçois la ville au loin.
Je passe par le tunnel sous le fleuve.
On oublie toujours que Montréal est une île.

La lumière rasante sur les cheminées
des usines de Pointe-aux-Trembles.
Les phares mélancoliques des voitures.
Je me fraie un chemin jusqu'au Cheval blanc.

Les clients du soir sont partis.
Ceux de la nuit ne sont pas encore arrivés.
J'aime bien cette étroite bande de temps
si peu fréquentée.

Mon voisin s'est affalé sur le comptoir
la bouche ouverte et les yeux mi-clos.
On m'apporte mon habituel verre de rhum.
Je pense à un mort dont je n'ai pas
tous les traits du visage en tête.

DU BON USAGE DU SOMMEIL

Je suis rentré tard dans la nuit.
J'ai fait couler un bain.
Je me sens toujours à mon aise dans l'eau.
Un animal aquatique — je le sais.
Par terre, le recueil gondolé de Césaire.
Je m'essuie les mains avant de l'ouvrir.

Je me suis endormi dans la baignoire rose.
Cette vieille fatigue
dont je fais semblant d'ignorer la cause
m'a emporté
vers des territoires inédits.

J'ai dormi ainsi pendant une éternité.
C'était le seul moyen
pour rentrer incognito au pays
avec la vaste nouvelle.
Le cheval de nuit qu'il m'arrive parfois
de monter à midi connaît bien le chemin
qui traverse la savane désolée.

Le galop dans la morne plaine du temps
avant de découvrir
qu'il n'y a dans cette vie
ni nord ni sud
ni père ni fils
et que personne
ne sait vraiment où aller.

On peut bâtir sa maisonnette
sur le flanc d'une montagne.
Peindre les fenêtres en bleu nostalgie.
Et planter tout autour des lauriers roses.
Puis s'asseoir au crépuscule pour voir
le soleil descendre si lentement dans le golfe.
On peut bien faire cela dans chacun de nos rêves
on ne retrouvera jamais la saveur
de ces après-midis d'enfance passés pourtant
à regarder tomber la pluie.

Je me souviens que je me jetais au lit
pour tenter d'atténuer cette faim
qui me dévorait les entrailles.
Aujourd'hui, je dors plutôt
afin de quitter mon corps
et de calmer ma soif des visages d'autrefois.

Le petit avion passe sans sourciller
sous le grand sablier
qui efface le ruban de la mémoire.
Me voilà devant une vie neuve.
Il n'est pas donné à tout le monde de renaître.

Je tourne au coin d'une rue de Montréal
et sans transition
je tombe dans Port-au-Prince.
Comme dans certains rêves d'adolescent
où l'on embrasse une fille différente de celle
qu'on tient dans ses bras.

Dormir pour me retrouver dans ce pays que j'ai quitté
un matin sans me retourner.
Longue rêverie faite d'images sans suite.
L'eau de la baignoire s'est entre-temps refroidie
et je me découvre même des branchies.

Une telle léthargie m'atteint
toujours à ce moment de l'année
où l'hiver est bien installé
et le printemps encore si loin.
Au milieu de la glace de fin janvier
on n'a plus d'énergie pour continuer
et il est impossible de rebrousser chemin.

Je recommence à écrire comme
d'autres recommencent à fumer.
Sans oser le dire à personne.
Avec cette impression de faire une chose
qui n'est pas bonne pour moi
mais à laquelle il m'est impossible
de résister plus longtemps.

Dès que j'ouvre la bouche des voyelles et des consonnes se dépêchent de sortir dans un grand désordre que je ne cherche plus à maîtriser. Je me contrôle encore en m'appliquant à écrire, mais je n'arrive pas à plus d'une dizaine de phrases sans tomber d'épuisement. Je cherche une manière qui n'exige pas trop d'effort physique.

Quand j'ai acheté ma vieille Remington 22, il y a un quart de siècle, je l'ai fait pour adopter un nouveau style. Plus rude, plus dru qu'avant. Écrire à la main me semblait trop littéraire. Je voulais être un écrivain rock. Un écrivain de l'ère de la machine. Les mots m'intéressaient moins que le bruit du clavier. J'avais cette énergie à revendre. Dans l'étroite chambre de la rue Saint-Denis, je passais mon temps à taper comme un dératé dans la pénombre. Je travaillais, les fenêtres fermées, torse nu dans la fournaise de l'été. Avec une bouteille de mauvais vin au pied de la table.

Je reviens à la bonne vieille main
qui tombe si rarement en panne.
C'est toujours vers la fin d'un cycle survolté
qu'on retourne à ce qui nous semble
plus naturel.

Après toutes ces années d'usage
il ne reste presque plus rien de spontané en moi.
Pourtant à l'annonce de la nouvelle au téléphone
j'ai entendu ce petit bruit sec
que fait un cœur qui s'arrête.

Un homme m'aborde dans la rue.
Vous écrivez toujours? Parfois.
Vous avez dit que vous n'écririez plus. C'est vrai.
Alors pourquoi écrivez-vous maintenant?
Je ne sais pas.
Il est parti, l'air offensé.

La plupart des lecteurs
se prennent pour des personnages de roman.
Ils considèrent leur vie comme une histoire
pleine de bruit et de fureur
dont l'écrivain ne peut être
que l'humble scribe.

Il y a autant de mystère à s'approcher
d'un être qu'à s'en éloigner.
Entre ces deux moments
se déploient l'étouffante vie quotidienne
et son cortège de petits secrets.

Par quel bout vais-je prendre ce jour?
Par le lever ou le coucher du soleil?
Je ne me lève ces jours-ci
que quand ce dernier se couche.

Il me faut tout de suite un verre de rhum
pour chasser les ardeurs de la malaria
cette fièvre que je confonds parfois
avec l'énergie de vivre.
Et je ne m'endors pas avant que la bouteille
ne s'allonge sur le plancher de bois.

Quand je souris ainsi dans la pénombre
c'est que je me sens perdu
et personne dans ce cas-là
ne pourrait me faire quitter
la baignoire rose
où je me recroqueville comme dans
un ventre rond rempli d'eau.

L'EXIL

J'ai repris ce matin le premier carnet noir
qui raconte mon arrivée à Montréal.
C'était durant l'été 1976.
J'avais vingt-trois ans.
Je venais de quitter mon pays.
Aujourd'hui, cela fait trente-trois ans
que je vis loin du regard de ma mère.

Entre le voyage et le retour
se trouve coincé
ce temps pourri
qui peut pousser à la folie.

Il arrive toujours ce moment
où l'on ne se reconnaît plus
dans le miroir
à force de vivre sans témoin.

On se compare avec la photo
du jeune homme d'avant le voyage.
Celle que ma mère m'a glissée

dans la poche au moment où je
franchissais la petite barrière verte.
Je me souviens que tant de sentimentalisme
m'avait fait sourire à l'époque.
Cette vieille photo est aujourd'hui mon unique
reflet pour mesurer le temps qui passe.

C'est dimanche après-midi à Port-au-Prince.
Je le sais car même les plantes
ont l'air de s'ennuyer.
Nous sommes, ma mère et moi,
assis sur la galerie à attendre en silence
que le soir tombe sur les lauriers roses.

Sur la photo aujourd'hui jaunie
je suis en train de feuilleter
(les mains sûrement moites et le cœur haletant)
le numéro d'été d'un magazine féminin
avec des filles en bikini.
Ma mère, à côté, fait semblant de sommeiller.

Si j'ignorais alors que
j'allais partir
pour ne plus revenir,
ma mère, si soucieuse
ce jour-là,
devait le sentir
au fond de sa chair
la plus secrète.

On se retrouve ainsi pris dans ce mauvais roman
où domine un dictateur tropical
qui n'arrête pas d'ordonner
que l'on coupe la tête de ses sujets.
À peine a-t-on le temps
de se sauver entre les lignes
vers la marge qui borde la mer des Caraïbes.

Me voilà des années plus tard
dans une ville enneigée
à marcher sans penser à rien.
Me laissant simplement guider
par le mouvement de l'air glacial
et cette nuque fragile qui me précède.

Plutôt intrigué par la force
de cette jeune fille à l'allure décidée
qui affronte ces vents violents
et froids qui me font monter
les larmes aux yeux
et tourner parfois comme un derviche.

Un enfant assis au milieu de l'escalier
attend son père qui doit l'emmener à l'aréna.
À son regard triste on devine
que la partie de hockey a déjà commencé.
J'aurais tout donné pour rater
un match avec mon père
et passer l'après-midi à le regarder
lire son journal au café du coin.

Je connais cette maison avec un chat à la fenêtre.
Pour y entrer on doit introduire
la clé jusqu'au fond
avant de la retirer en la tournant
doucement dans la serrure.
L'escalier commence à craquer
à partir de la huitième marche.

Grande maison de bois.
Longue table nue
avec un panier de fruits au bout.
Sur le mur une exposition
de photos en noir et blanc
racontant l'histoire
d'un homme et d'une femme
dans l'éclat de l'amour.

Un petit écureuil grimpe l'arbre à toute vitesse
en tournant la tête vers moi
comme pour m'inviter à le suivre.
La lumière blafarde de trois heures du matin
où des adolescentes font encore le tapin
sur des échasses qui leur briseront les reins
avant la trentaine.

Cette jeune fille en minijupe verte et lèvres fendues se
fait payer à l'aube juste avant le passage des flics en
cocaïne coupée de bicarbonate qu'elle consomme sur
place afin d'affronter le regard dur des bourgeoises en
bigoudis mauves qui surveillent leurs morveux depuis
la fenêtre vitrée.

C'est si rare que je sois plus pressé qu'un écureuil. Mais aujourd'hui c'est le cas. Le voilà tout étonné qu'un passant ne cherche pas à le nourrir ou à l'amuser. On ne lui a pas appris qu'il n'était qu'un pauvre écureuil d'un minuscule parc de quartier. Les classes sociales n'existent peut-être pas chez les animaux. L'ego, oui.

J'attends l'ouverture du café.
La serveuse arrive à vélo
malgré le froid.
Elle ramasse les deux piles de journaux
que le jeune livreur a laissées tout à l'heure
devant la porte.
Je la regarde se démener derrière la baie vitrée.
Ses gestes sont précis et routiniers.
Finalement elle vient ouvrir la porte.

J'entre pour mon premier café et
la lecture des éditoriaux du matin
qui me font toujours rager.
Elle met à fond du heavy métal
qu'elle changera pour Joan Baez
dès que les premiers clients se pointeront.

Je fais toujours un saut à la librairie d'à côté. La libraire derrière le comptoir. Les traits tirés. Le teint si pâle. L'hiver ne lui fait pas. Elle s'apprête à partir pour Key West voir un ami écrivain qui vit là-bas depuis plusieurs années. La littérature, comme le crime organisé, a son réseau.

La nuque d'un lecteur debout au fond.
Son profil gauche.
Mâchoire serrée.
Concentration massive.
Il s'apprête à changer de siècle.
Là, sous mes yeux.
Sans bruit.

J'ai toujours pensé
que c'était le livre qui franchissait
les siècles pour parvenir jusqu'à nous.
Jusqu'à ce que je comprenne
en voyant cet homme
que c'est le lecteur qui fait le déplacement.

Ne nous fions pas trop à cet objet couvert de signes
que nous tenons en main
et qui n'est là que pour témoigner
que le voyage a bien eu lieu.

Je repasse au bistrot à côté. La serveuse me signale tout de suite qu'on m'attend depuis un moment. Après Joan Baez c'est le tour de la chanteuse amérindienne Buffy Sainte-Marie. J'avais complètement oublié ce rendez-vous. Je me répands en excuses. La jeune journaliste me demande froidement si elle peut enregistrer notre conversation. Je fais oui tout en sachant que le principe d'une conversation, c'est de ne laisser aucune trace. Elle travaille pour un de ces hebdos gratuits qui traînent sur les comptoirs des cafés du coin. T-shirt, jeans, tatouages, paupières roses, yeux pétillants. Je commande une salade aux tomates. Elle, une salade verte. On est passé, autour des années 80, de la culture du steak à celle de la salade en espérant que cela nous rendrait plus pacifiques.

La machine enregistre. En fin de compte vous n'écrivez que sur l'identité? Je n'écris que sur moi-même. Vous l'avez déjà dit, ça. Ça n'a pas l'air d'avoir été entendu. Vous avez l'impression qu'on ne vous écoute pas? Les gens lisent pour se chercher et non pour découvrir un autre. Paranoïaque? On ne l'est jamais assez. Pensez-vous que vous serez un jour lu pour vous-même? C'était ma dernière illusion avant de vous croiser. Vous me paraissez différent dans la réalité. Je ne me rappelle pas qu'on se soit déjà rencontrés dans un livre. Elle ramasse son matériel avec cet air ennuyé capable de vous pourrir une journée ensoleillée.

Le seul endroit où je me sens parfaitement chez moi, c'est dans cette eau brûlante qui achève de me ramollir les os. La bouteille de rhum à portée de main, jamais trop loin du recueil de poèmes de Césaire. J'alterne les gorgées de rhum et les pages du *Cahier* jusqu'à ce que le livre glisse sur le plancher. Tout se passe au ralenti. Dans mon rêve, Césaire se superpose à mon père. Le même sourire fané et cette façon de se croiser les jambes qui rappelle les dandys d'après-guerre.

J'ai si longuement étudié cette photo de mon père.
Le col de chemise bien amidonné.
Les boutons de manchette en nacre.
Chaussettes de soie et chaussures bien cirées.
La cravate mollement nouée.
Un révolutionnaire est d'abord un séducteur.

La météo annonce moins vingt-huit degrés ce matin.
Thé chaud.
Je lis près de la fenêtre givrée.
Un engourdissement m'envahit.
Je dépose le livre sur mon ventre.
Les mains jointes et la tête renversée.
Il ne se passera rien d'autre aujourd'hui.

Ce rayon de soleil
qui réchauffe ma joue gauche.
La sieste de midi d'un enfant
pas loin de sa mère.
À l'ombre des lauriers roses.
Comme un vieux lézard
qui se cache du soleil.

J'entends soudain le bruit mat
que fait le livre en tombant par terre.
C'est le même bruit que faisaient
les lourdes et juteuses mangues de mon enfance
dans leur chute près du bassin d'eau.
Tout me ramène à l'enfance.
Ce pays sans père.

Ce qui est sûr c'est que
je n'aurais pas écrit ainsi si j'étais resté là-bas.
Peut-être que je n'aurais pas écrit du tout.
Écrit-on hors de son pays pour se consoler?
Je doute de toute vocation d'écrivain en exil.

LA PHOTO

Un homme assis devant une chaumière
avec un chapeau de paysan sur la tête.
Une petite fumée montant derrière lui.
« C'est ton père dans le maquis »,
m'avait dit ma mère.
Les sbires du général-président le recherchaient.
Pourtant si loin dans mon enfance,
cette image m'apaise encore aujourd'hui.

Quand j'aurai trop chaud certain midi
sous ces « tristes tropiques »
je me souviendrai de ma promenade
sur le lac gelé, près de la maison en bois
où mon amie Louise Warren
s'était réfugiée pour écrire.

Des chats jouent sur la véranda
sans souci du temps qui passe.
Leur temps n'est pas le nôtre.
Ce chaton se glisse
dans la pénombre de ma mémoire.

Socquettes blanches sur le plancher
de bois ciré.

Je ne sais plus où j'en suis.
Les souvenirs se télescopent dans ma tête.
Ma vie n'est plus qu'un petit paquet humide
de couleurs délavées et d'odeurs anciennes.

On dirait que cela fait une éternité
depuis ce coup de fil.
Le temps ne se découpe plus
en fines tranches de jours.
C'est une masse compacte avec une densité
plus grande que celle de la terre.

Rien à part cet impérieux besoin de dormir. Le sommeil
reste ma seule façon d'esquiver le jour et les obligations
qui l'accompagnent. Je dois reconnaître que les choses
se déglinguaient depuis un moment déjà. La mort de
mon père achève un cycle. Tout s'est passé à mon insu.
À peine ai-je su capter les signes qui annonçaient ce
tourbillon que déjà il m'emportait avec lui.

Des images du fond de l'enfance
déferlent en vague sur moi
avec une telle fraîcheur
que j'ai la nette sensation de voir
la scène se dérouler sous mes yeux.

Je me souviens d'un autre détail
à propos de cette photo de mon père

mais si minuscule que ma mémoire
ne parvient pas à bien le cerner.
Tout ce qu'il me reste, c'est le souvenir
d'un moment de plaisir.

Je viens de me rappeler ce qui m'avait tant fait rire
quand ma mère m'avait montré la photo du maquisard
en chapeau de paille. J'avais six ans. Juste dans le coin
gauche, il y a une poule en train de picorer. Ma mère
s'est longtemps demandé ce que je pouvais trouver de si
drôle à une poule. Je n'arrivais pas à lui expliquer mon
sentiment. Aujourd'hui je le sais : une poule est si
vivante qu'elle bouge même sur une photo. À côté
d'elle, tout semble mort. Pour ma part, le visage de mon
père ne peut s'animer sans la voix de ma mère.

LE BON MOMENT

Il arrive toujours ce moment.
Le moment de partir.
On peut bien traîner encore un peu
à faire des adieux inutiles et à ramasser
des choses qu'on jettera en chemin.
Le moment nous regarde
et on sait qu'il ne reculera plus.

L'instant du départ nous attend à la porte.
Comme quelque chose dont on sent la présence
mais qu'on ne peut toucher.
Dans la réalité il prend l'aspect d'une valise.

Le temps passé ailleurs que
dans son village natal
est un temps qui ne peut être mesuré.
Un temps hors du temps inscrit
dans nos gènes.

Seule une mère peut tenir pareil compte.
La mienne a fait pendant trente-deux ans

sur un calendrier Esso
une croix sur chaque jour
passé sans me voir.

Si je croise mon voisin sur le trottoir
il ne rate jamais l'occasion de m'inviter
à goûter un petit vin qu'il fait lui-même dans sa cave.
On passe l'après-midi à parler de la Juventus
du temps que la Juventus était la Juventus.
Il connaît personnellement tous les joueurs
dont la plupart sont morts depuis un moment.

Je demande à Garibaldi (je l'appelle ainsi parce qu'il
voue un culte à Garibaldi) pourquoi il ne rentre pas au
pays. Le mien, dis-je, est si dévasté que j'ai mal à l'idée de
le revoir. Mais vous, ne serait-ce que pour retourner au
stade voir la Juventus. Il prend le temps d'aller éteindre
la télé et revient s'asseoir près de moi. Il me regarde alors
droit dans les yeux pour me confier qu'il retourne
chaque nuit en Italie.

Garibaldi me fait venir chez lui, un soir. On descend
dans la cave. Le même rituel. Je dois boire ce vin maison.
Je sens qu'il a quelque chose de grave à me dire. J'attends. Il se lève, va essuyer ses livres, en profite pour me
montrer un portrait de d'Annunzio que l'écrivain a
signé pour son père. J'ai peur qu'il ne me fasse une
confidence scandaleuse. Il tenait à me dire qu'il a toujours détesté la Juventus, que son équipe, c'est le
Torino FC. Comme personne ne connaît cette équipe ici

et que tout le monde connaît la Juventus, il a dit Juventus en pensant Torino. C'est le drame de sa vie. Il n'y a pas une journée qu'il ne pense pas à cette trahison. S'il retourne en Italie un jour il n'est pas sûr qu'il aura le courage de regarder ses vieux amis dans les yeux.

Je ramène au pays
sans cérémonie des adieux
ces dieux qui m'ont accompagné
durant ce long voyage
en m'empêchant de perdre la raison.
Si tu ne connais pas le vaudou,
le vaudou te connaît.

Les visages autrefois aimés s'effacent
au fil des jours de notre mémoire brûlée.
Le drame de ne plus reconnaître
même ceux qui nous furent proches.
L'herbe repousse, après l'incendie,
afin de camoufler toute trace du sinistre.

En fait, la véritable opposition n'est pas
entre les pays, si différents soient-ils,
mais entre ceux qui ont l'habitude
de vivre sous d'autres latitudes
(même dans une condition d'infériorité)
et ceux qui n'ont jamais fait face
à une culture autre que la leur.

Seul le voyage sans billet de retour
peut nous sauver de la famille, du sang
et de l'esprit de clocher.
Ceux qui n'ont jamais quitté leur village
s'installent dans un temps immobile
qui peut se révéler, à la longue,
nocif pour le caractère.

Pour les trois quarts des gens de cette planète
il n'y a qu'une forme de voyage possible
c'est de se retrouver sans papiers
dans un pays dont on ignore
la langue et les mœurs.

On se trompe à les accuser
de vouloir changer
la vie des autres
quand ils n'ont
aucune prise
sur leur propre vie.

Si on veut vraiment partir il faut oublier
l'idée même de la valise.
Les choses ne nous appartiennent pas.
On les a accumulées par simple souci de confort.
C'est ce confort qu'il faut questionner
avant de franchir la porte.
On doit comprendre que le minimum de confort
qu'il faut pour vivre ici en hiver
est une situation rêvée là-bas.

J'avais, en arrivant, une petite valise dans laquelle je pouvais tout mettre. Ce que je possède aujourd'hui s'étale un peu partout dans la chambre. Je me demande ce qui est arrivé à cette première valise. L'ai-je oubliée dans une penderie lors d'un rapide déménagement? À l'époque je filais en laissant sur la table l'argent du dernier mois de loyer et une fille endormie dans le lit.

Je viens de voir passer Garibaldi avec son petit-fils qui le visite chaque vendredi après les classes. Il lui fait des pâtes tout en lui causant en patois. Le garçon n'a que dix ans, mais quand on lui demande qui il déteste le plus au monde, il répond que c'est Gianni Agnelli, le propriétaire de la Juventus. Son fils n'a jamais voulu entendre parler de l'Italie, préférant le hockey pour se sentir proche du pays où il est né. Garibaldi prend sa revanche avec son petit-fils qui héritera de ses bouteilles de mauvais vin et du portrait jauni de D'Annunzio.

Je crains qu'un événement si fort soit-il
ne puisse jamais bousculer
un homme dans ses habitudes.
La décision est prise bien longtemps avant
qu'on en ait véritablement conscience
et pour une raison qui nous échappera toujours.
L'instant du départ est si longtemps
inscrit en nous que le moment où il arrive
nous semblera toujours banal.

LE TEMPS DES LIVRES

Dès que j'arrivais dans un nouvel appartement
je disposais mes bouquins sur la table.
Tous déjà lus et relus.
Je n'achetais un livre que
si l'envie de le lire était plus forte
que la faim qui me tenaillait.

C'est encore le cas de beaucoup de gens.
Quand notre condition change
on pense qu'il en est de même
pour tout le monde.
J'en connais qui doivent choisir
constamment entre manger et lire.

Je consomme autant de viande ici
en un hiver
qu'un pauvre en mange en Haïti
durant toute une vie.
Je suis passé en si peu de temps
de végétarien forcé à carnivore obligé.

Dans ma vie d'avant, la nourriture
était la préoccupation quotidienne.
Tout tournait autour du ventre.
Dès qu'on avait de quoi manger tout était réglé.
C'est une chose impossible à comprendre
pour ceux qui ne l'ont pas vécue.

J'ai reçu il y a deux ans, après le passage d'un violent
cyclone en Haïti, cette lettre d'un jeune étudiant qui
m'enjoignait de faire savoir aux gens de bonne volonté
qui pensent envoyer de la nourriture aux sinistrés qu'il
serait souhaitable que chaque sac de riz soit accompagné d'une caisse de livres car, écrit-il, « nous ne man-
geons pas pour vivre mais pour pouvoir lire ».

Un jour, j'ai acheté un livre
sans en avoir le pressant besoin.
Il est resté trois mois sans être ouvert
sur la petite table de cuisine
parmi les oignons et les carottes.
Aujourd'hui je constate qu'il me reste à lire
une bonne moitié de ma bibliothèque.

J'attends d'être dans un sanatorium pour plonger dans
Les Buddenbrook du sévère Thomas Mann ou suivre à la
trace *Le Guépard* de Giuseppe Tomasi di Lampedusa.
Pourquoi gardons-nous des livres que nous ne lirons
jamais ? Pour *Le Guépard* le nom de l'auteur à lui seul
valait la dépense. J'ai oublié ce qui m'a empêché de lire
le roman de Thomas Mann.

Je repartirai avec une petite valise.
Comme celle que j'avais en arrivant ici.
Presque vide.
Pas un seul livre.
Même pas les miens.

Ne rester qu'une brève nuit à Port-au-Prince
avant de filer à Petit-Goâve pour
revoir cette maison pas loin
de l'ancienne guildive de mon grand-père.
Plus tard, je traverserai le vieux pont rouillé
pour une visite à ma grand-mère au cimetière.

Je passerais bien ici le reste de mon temps
à bavarder de tout et de rien
avec des gens qui n'ont jamais
ouvert un livre de leur vie.
Et viendra tôt ou tard l'instant précieux
où je confondrai les romans que j'ai lus
avec ceux que j'ai écrits.

Tout bouge sur cette planète.
Vue du ciel on voit son sud
toujours en mouvement.
Des populations entières montent
chercher la vie au nord.
Et quand tout le monde y sera
on basculera par-dessus bord.

Parfois un coup de téléphone au milieu de la nuit
qui fait tout chambarder en un instant.
On se perd alors dans l'agitation.
Toujours plus facile de changer de lieu
que de changer de vie.

Je jette, dans une valise, deux ou trois jeans, trois
chemises, deux paires de chaussures, quelques sous-
vêtements, un tube de dentifrice, deux brosses à dents,
une boîte d'aspirine et mon passeport. Un dernier verre
d'eau que je bois debout au milieu de la cuisine avant
d'éteindre, pour une dernière fois, les lumières.

DANS UN CAFÉ

Je vais tête baissée, sous le vent glacial, jusqu'au coin de la rue. Cela fait trente ans que j'arpente cette rue. Je connais chaque odeur (la soupe tonkinoise au bœuf saignant du petit restaurant vietnamien), chaque couleur (les graffitis sur les murs de cet ancien hôtel de passe), chaque saveur (la fruiterie où j'achète des pommes en hiver et des mangues en été) de la rue Saint-Denis. Les boutiques de vêtements ont remplacé les librairies. Les restaurants indiens, thaïs et chinois à la place des bars minables où l'on pouvait passer la journée avec une bière chaude.

Je m'engouffre dans ce café étudiant
au coin de la rue Ontario.
La serveuse se tourne vers moi sans un sourire.
Je vais m'asseoir au fond, près du calorifère.
Après un moment elle vient prendre la commande.
On entend Arcade Fire à peine.
Déjeuner rapide avant de courir à la gare.

Je griffonne ces notes hâtives (avec de petits dessins

entre les scènes) pour des chansons sur le napperon de papier tout en buvant calmement mon café.

Face A.

Scène 1 : Je flâne dans les rues avec, dans ma poche, la clé de ma chambre. J'ai peur de la perdre tout en caressant l'idée (du bout de mes doigts) que tout ce que je possède se trouve en ce moment dans ma poche.

Scène 2 : Je croise un ami que j'ai connu à Port-au-Prince et il m'invite à venir chez lui. Sa femme me reçoit avec un sourire trop sensuel et des yeux de minuit. Je ne fais pas long feu car je ne joue pas à ce jeu.

Scène 3 : Je passe devant le musée où on annonce une exposition de Modigliani. J'entre sans payer. Sa vie n'est pas différente de la mienne : petits repas, filles au long cou et vin bon marché.

Scène 4 : Je suis assis sur un banc du parc, juste en face de la bibliothèque. Tout à côté de moi deux adolescents en train de s'embrasser devant un écureuil tétanisé. Les canards semblent plutôt indifférents.

Scène 5 : Je me fais du spaghetti à l'ail en regardant d'un œil distrait un vieux film de guerre sur ma petite télé en noir et blanc. Avec cette actrice allemande aux mains lourdes dont j'ai oublié le nom.

Scène 6 : De ma fenêtre, je suis cette jeune fille en robe

d'été (jambes et épaules nues) jusqu'à ce qu'elle arrive chez elle. Elle se retourne, sentant mon regard sur sa nuque, au moment de franchir la porte. Deux jours plus tard, elle est dans ma baignoire.

Face B.
Scène 7 : Une dame bien mise me précède avenue Laurier. Elle échappe une boucle d'oreille. J'essaie de la prévenir. Elle m'ignore. Je lui mets la boucle d'oreille sous le nez. Elle me l'arrache des mains. Et me regarde comme si je tentais de lui voler son bijou.

Scène 8 : Dans un bar, on discute de suicide. Je suis toujours impressionné par ce que cela prend de courage pour se donner la mort. Ce type à côté de moi me dit qu'il a déjà fait deux solides tentatives de suicide, mais qu'il ne pourrait supporter une seule journée d'exil. Moi, c'est le contraire, je ne crois pas pouvoir survivre à un suicide.

Scène 9 : Je suis à Repentigny, une petite ville de banlieue assez cossue. Des jeunes gens rêvent d'exposer un jour leurs peintures dans une galerie d'art de Montréal. Je leur conseille alors de commencer par exposer dans leur salon. Ils sont étonnés de ne pas y avoir pensé avant. J'arrive d'un pays où on est habitué à faire avec ce qu'on a.

Scène 10 : On est en bande et la fille que je regarde depuis un moment à la dérobée vient m'embrasser. Un baiser interminable. Son ami la regarde en souriant. On n'avait pas bu ni fumé avant. Cela a provoqué une petite explosion dans mon cerveau — ce qui a complètement changé à mes yeux les rapports entre les hommes et les femmes. À Port-au-Prince, un simple regard aurait suffi.

Scène 11 : Je vais dans un centre de dépannage pour travailleurs migrants, rue Sherbrooke. Si vous êtes vraiment mal pris, on vous donne vingt dollars pour passer la journée. On cause politique et le type veut savoir dans quelles circonstances j'ai quitté mon pays, si on m'a déjà torturé. C'est non. Il insiste car le fait d'avoir reçu une simple gifle m'aurait valu cent vingt dollars. C'est toujours non. Au moment où je le quitte il me glisse une enveloppe que j'ai ouverte au coin de la rue pour trouver cent vingt dollars. J'ai l'impression d'avoir gagné le cent mètres sans avoir pris aucune drogue.

Scène 12 : Ce vieux qui vivait au-dessus de moi, du temps où j'habitais rue Saint-Hubert. Dès qu'il me croisait dans l'escalier, il m'obligeait à le suivre dans sa chambre pour me faire voir son album de photos rempli de visages souriants. Pourtant personne n'est venu le voir durant les deux années que j'ai passées dans l'immeuble.

Chanson de printemps : la première journée où l'on peut sortir sans manteau d'hiver. Je descends la rue Saint-Denis. Le soleil sur ma peau.

DERRIÈRE LA FENÊTRE GIVRÉE

Je n'étais durant cet après-midi de décembre
qu'une ombre derrière la fenêtre givrée
en train d'admirer
l'un des spectacles les plus bouleversants de la nature.
Je regardais fasciné toute cette neige
qui ne cessait de tomber.

Le poète Émile Nelligan a atteint l'immortalité
pour avoir employé deux fois le mot « neige »
dans ce vers très bref :
« Ah comme la neige a neigé ».
Gilles Vigneault, lui, pour avoir chanté
« Mon pays, ce n'est pas un pays, c'est l'hiver ».
La gloire ici passe par la glace.

Les gens du Nord semblent
si fortement attirés par la mer
alors que la glace effraie ceux du Sud.
La séduction de la chaleur suffit-elle
à expliquer que les premiers
deviennent plus facilement colonisateurs
que les seconds ?

Personne n'a vu comme moi
tomber la neige de sa fenêtre
en gros flocons doux.
Je me suis échappé de l'île
qui me semblait une prison
pour me retrouver enfermé
dans une chambre à Montréal.

Une petite robe jaune se faufilant
dans ce champ de maïs
qui descend jusqu'à la rivière.
Je cours derrière ma cousine.
Les grandes vacances d'été
dans ma mémoire encore éblouie.

C'est le chant des lavandières qu'on entend
depuis la maisonnette de cet homme
qui se nourrit de soupe aux escargots et
assiste indistinctement à toutes les funérailles.

Sous mes paupières ces images brûlées
par le soleil de l'enfance.
Le temps file à une vitesse si folle
qu'elle fait de ma vie un magma de couleurs.
C'est ainsi que passe la nuit polaire.

Cette gaieté triste me tombe dessus
toujours à la même heure.
Au moment où les voitures allument
leurs phares du soir qui balaient ma chambre

me faisant revivre des frayeurs enfantines.
Je me terre sous les draps.

La flèche ne fait pas
de bruit dans la nuit.
La douleur se manifeste
si soudainement
pour ne plus vous quitter
jusqu'à l'aube.

TRAIN DE NUIT

Dans le train.
Temps mou.
On se laisse bercer.
Me suis réveillé en sursaut
quand on a croisé dans la nuit
un train fantôme.

Les visages livides
m'ont donné l'impression
que ce train remontait vers 1944.
Une seconde cauchemardesque créée
par cette fulguration (vitesse et lumière)
et mon cerveau embrumé.

Nous sommes en rase campagne.
Cette lumière blafarde qui éclaire les maisons.
Je les imagine agglutinés devant la télé.
Le vieux soupant seul dans sa chambre.
Le train ne ralentira pas avant d'atteindre
la prochaine ville.

Buildings illuminés. Des silhouettes étirées sur le trottoir. Dire que les robustes trappeurs qui vendaient des peaux de bêtes à la Compagnie de la Baie d'Hudson sont devenus d'élégants citadins imbibés de parfum. Cette odeur d'eau de Cologne qui ne parvient pas à dissimuler l'entêtante senteur de la forêt — mélange automnal de pluie, de feuilles vertes et de bois pourri. Ce monde végétal ne semble pourtant pas si loin. Les fameux coureurs des bois ne sont plus aujourd'hui que des téléspectateurs captifs.

J'imagine que tout s'est passé en douceur. Une chaîne ininterrompue de concessions nous a conduits à ce nouveau mode de vie. Ce n'est pas différent avec les individus. La foule nous absorbe un à un. Aujourd'hui à cinquante-six ans, je réponds non à tout. Il m'a fallu plus d'un demi-siècle pour retrouver cette force de caractère que j'avais au début. La force du non. Faut s'entêter. Se tenir debout derrière son refus. Presque rien qui mérite un oui. Trois ou quatre choses au cours d'une vie. Sinon il faut répondre non sans aucune hésitation.

Le grand truc dans cette Amérique protestante, c'est de faire attention à ne jamais paraître prétentieux. Individuellement ils veulent disparaître dans les interstices de la vie, alors que collectivement ils trouvent légitime d'avoir une emprise sur le monde. On comprend qu'une pareille tension n'est pas toujours supportable. Vers la fin n'y tenant plus ils se mettent à cracher tout le fiel qu'ils gardaient si profondément enfoui en eux. Un flot de sang noir. Ils ont compris trop tard qu'il n'y avait pas de règles. Ni de ciel. Qu'ils s'étaient donc sacrifiés pour rien. Une vie ratée. Et quelqu'un doit payer pour ça. Un plus faible sur lequel on frappera de toute sa force. Mais ce moment où ils croient avoir retrouvé leur énergie de vivre est celui de leur perte.

Je m'évade un moment dans mes pensées
avant de me faire rattraper par le sommeil.
Une chute si douce.
Dormir dans une ville
pour se réveiller dans une autre.

UN POÈTE NOMMÉ CÉSAIRE

Le train entre de nouveau en gare. La jeune fille qui lisait, à côté de moi, un roman de Tanizaki descend à l'arrêt. Un jeune homme l'attend avec un bouquet de mimosas et de furtifs baisers au cou. Le quai se vide. Le couple, toujours soudé dans un bouche-à-bouche. Le train s'étire. La jeune fille a oublié son livre sur le siège. Elle est déjà ailleurs. Le livre, comme le train, n'a servi qu'à l'amener à lui.

Je reviens à ma première valise oubliée dans une de ces chambres étroites et poussiéreuses de la ville. Heureusement que j'ai pu récupérer les seules choses qui valaient la peine. Une lettre de ma mère où elle m'explique, par le menu, comment vivre dans un pays qu'elle n'a jamais visité, et cet exemplaire fripé du *Cahier d'un retour au pays natal* du poète martiniquais Aimé Césaire. Je les garde toujours sur moi.

Ce coup de fil au milieu de la nuit. Êtes-vous Windsor Laferrière? Oui. C'est l'hôpital de Brooklyn… Windsor Laferrière vient de mourir. Nous avons le même nom.

On a trouvé mon numéro de téléphone sur lui. C'est l'infirmière qui s'occupait de lui. Elle me raconte d'une voix douce et égale qu'il venait la voir quand il n'allait pas bien. Parfois de graves crises. Personne d'autre que moi ne pouvait l'approcher à ce moment-là. Un homme très doux malgré cette colère qui l'habitait si fortement. Votre père est mort en souriant, c'est tout ce que je peux vous dire. Couché sur le dos, je suis resté un long moment à regarder le plafond.

Je descends à Toronto. Le temps d'aller voir un vieil ami peintre. On a pris un verre dans un bar près de la galerie où il expose en ce moment. Comme nous avons le même âge les choses nous sont arrivées à peu près en même temps. Son père est mort au début de l'année, il avait dû fuir le pays à la même période que le mien. C'est une génération de fils sans père qui ont été élevés par des femmes dont les voix devenaient encore plus aiguës quand elles se sentaient dépassées par les événements. On s'est retrouvés à boire du rhum dans son petit atelier sombre. À l'aube, il m'a raccompagné à la gare.

Je voyage toujours avec le recueil de poèmes de Césaire. Je l'avais trouvé bien fade à la première lecture, il y a près de quarante ans. Un ami me l'avait prêté. Cela me semble aujourd'hui étrange que j'aie pu lire ça à quinze ans. Je ne comprenais pas l'engouement que ce livre avait pu susciter chez les jeunes Antillais. Je voyais bien que c'était l'œuvre d'un homme intelligent traversé par une terrible colère. Je percevais ses mâchoires serrées et ses yeux voilés de larmes. Je voyais tout cela, mais pas la poésie. Ce texte me semblait trop prosaïque. Trop nu. Et là, cette nuit, que je vais enfin vers mon père, tout à coup je distingue l'ombre de Césaire derrière les mots. Et je vois bien là où il a dépassé sa colère pour découvrir des territoires inédits dans cette aventure du langage. Les images percutantes de Césaire dansent maintenant sous mes yeux. Et cette lancinante rage tient plus du désir de vivre dans la dignité que de la volonté de dénoncer la colonisation. Le poète m'aide à faire le lien entre cette douleur qui me déchire et le subtil sourire de mon père.

Il y a une photo de Césaire
où on le voit assis sur un banc.
La mer derrière lui.
Dans cet ample veston kaki
qui le fait ressembler à un frêle oiseau.
Son sourire fané
et ses grands yeux si doux
ne laissent pas deviner cette rage
qui le change, sous nos yeux,
en un tronc d'arbre calciné.

MANHATTAN SOUS LA PLUIE

Des parapluies de toutes les couleurs. Une température si chaude à New York alors qu'on gèle encore à Montréal. Mes oncles trouvent cette chaleur bienvenue mais un peu étonnante. On se croirait en été. Manhattan sous les tropiques. Mon oncle Zachée prétend que c'est un cadeau de la nature à mon père qui détestait le froid qu'il comparait à l'injustice des hommes. La pluie est arrivée trop tard dans son cas.

Foule dans cette grande église de Manhattan
pour un homme qui a vécu seul
les dernières années de sa vie.
On ne l'avait pas oublié.
Comme il ne voulait voir personne
on a attendu patiemment sa mort
pour lui rendre hommage.

Maintenant qu'il ne peut pas fuir
on l'accable de compliments.
Les sédentaires aiment voir
le nomade réduit à l'immobilité.

Coincé dans une longue boîte
qu'il doit prendre pour une pirogue
lui permettant de glisser sur
la Guinaudée de son enfance.

Pour beaucoup de ces vieux chauffeurs de taxi haïtiens,
accompagnés de leurs épouses pour la plupart aide-
infirmières à l'hôpital de Brooklyn, il restait le jeune
homme qui s'était dressé un jour face au pouvoir abusif
du général-président. La gloire de leur jeunesse.

C'est la première fois
que je le vois de si près.
Je n'ai qu'à allonger
la main pour le toucher.
Si je ne le fais pas
c'est pour respecter la distance
qu'il a voulu maintenir entre nous
de son vivant.

Je me rappelle ce passage dans le *Cahier* où Césaire
réclame le corps de Toussaint Louverture, arrêté par
Napoléon, mort de froid durant l'hiver de 1803 au fort
de Joux, en France. Les lèvres tremblantes de rage conte-
nue du poète venu réclamer, cent cinquante ans plus
tard, le corps gelé du héros de la révolte des esclaves :
« Ce qui est à moi c'est un homme emprisonné de
blanc. »

Une femme dans un long manteau d'astrakan blanc
se tient discrètement près de la dernière colonne.

Un sourire à peine visible.
Le sourire de quelqu'un qui croit
que la mort ne pourra jamais effacer
le souvenir de certain après-midi d'été
dans une chambre surchauffée de Brooklyn.

Jusqu'à la fin,
même sale,
même fou,
mon père est resté
le dandy qu'il avait été.
Il n'y a pas d'explication au charme.

Je me demande qui on encense en ce moment
quand celui dont on parle
ne peut plus rien entendre.
Un de ses vieux camarades raconte une anecdote
qui semble amuser tout le monde.
J'entends les rires au loin.

Mon père, tout près de moi, dans son cercueil.
Je le surveille du coin de l'œil.
Un astre trop aveuglant
pour qu'on puisse le regarder de face.
C'est cela, un père mort.

Ce qui est sûr, c'est que mon père ne sera pas mort tant
que cette femme ne saura pas la nouvelle. Elle est en ce
moment assise sur sa galerie à Port-au-Prince en train
de penser, une fois de plus, à lui. Ce qu'elle fait chaque

jour depuis son départ. Sait-elle que le vent a soufflé ces derniers jours devant sa porte jusqu'à emporter l'arbre dont je ne suis qu'une simple branche?

Dehors c'est une vraie tempête tropicale.
Des branches d'arbres cassées.
Des taxis dérivant, comme ivres,
dans la Cinquième Avenue.
Le corbillard, imperturbable, glissant sur l'eau.
On se croirait à Baradères, le village natal
de mon père dont on dit qu'il est la Venise d'Haïti.

LA PETITE CHAMBRE DE BROOKLYN

Mon père vivait dans une petite chambre presque vide que mes oncles m'ont fait visiter après l'enterrement sous la pluie dans ce cimetière de Brooklyn. Il s'était, vers la fin, dépouillé de tout. Il fut toute sa vie un solitaire malgré le fait que ses activités politiques le poussaient vers les gens. Depuis vingt ans, chaque jour, en été comme en hiver, il faisait l'aller-retour à pied de Brooklyn à Manhattan. Sa vie se résumait à cet incessant va-et-vient. Il ne lui restait pour tout bien que la valise qu'il avait placée à la Chase Manhattan Bank.

Mon père a passé
plus de la moitié
de sa vie
hors de sa terre
de sa langue
comme de sa femme.

J'avais frappé à sa porte il y a quelques années. Il n'avait pas répondu. Je savais qu'il était dans la chambre. Je l'entendais respirer bruyamment derrière la porte. Comme j'avais fait le voyage depuis Montréal j'ai insisté. Je l'entends encore hurler qu'il n'a jamais eu d'enfant, ni de femme, ni de pays. J'étais arrivé trop tard. La douleur de vivre loin des siens lui était devenue si intolérable qu'il avait dû effacer son passé de sa mémoire.

Je me demande
quand a-t-il su
qu'il ne retournerait
plus jamais en Haïti
et qu'a-t-il senti exactement
à ce moment-là ?

À quoi pensait-il
dans sa petite chambre de Brooklyn
durant les longues nuits glaciales ?
Dehors, il y avait bien le spectacle
de la ville la plus animée du monde.
Mais dans cette chambre, il n'y avait que lui.
Cet homme qui avait tout perdu.
Si tôt dans sa vie.

Je tente de l'imaginer dans sa chambre, les rideaux tirés, en train de rêver à sa ville si semblable à celle décrite par un jeune Césaire en colère : « Et dans cette ville inerte, cette foule criarde si étonnamment passée à côté de son cri, comme cette ville à côté de son mouvement, de son sens, sans inquiétude, à côté de son vrai cri, le seul qu'on eût voulu l'entendre crier parce qu'on le sent sien lui seul… » Le cri reste encore coincé dans la gorge du poète.

Mes oncles ont voulu me faire rencontrer son seul ami à New York, un coiffeur sur Church Avenue. Il n'avait pas voulu assister aux funérailles. J'ai toujours dit à Windsor que je n'irais pas à ses funérailles. Et cela, pour deux raisons. La première : je ne crois pas à la mort. La seconde : je ne crois pas en Dieu… Bon, cela étant dit, j'accueille avec tous les honneurs le fils de mon dernier ami dans cette vie de merde.

Un client a voulu l'assurer de son amitié. D'abord vous n'êtes pas mort, et ensuite vous n'êtes pas Windsor. Il vient se planter devant moi. Vous lui ressemblez beaucoup. Je ne parle pas de ressemblance physique, c'est pour les imbéciles qui ne voient pas plus loin que leur nez, je veux dire que vous êtes taillés du même arbre. Et je m'explique. Tout le monde rit. Professeur, dit mon oncle Zachée, on a bien compris ce que vous voulez dire. Si vous le dites… Alors jeune homme, on s'installe. Et vous, déguerpissez, fait-il au client qui attendait qu'on en finisse avec lui. Je peux attendre, dis-je, en allant m'asseoir près des toilettes. Regardez, n'avais-je pas raison de dire qu'ils sont faits du même bois ? Il y a plein de sièges vides et il est allé s'asseoir au coin, à la place de Windsor. C'est ici qu'il prenait son café, chaque matin depuis quarante ans. C'est moi et personne d'autre qui devait le préparer. Même pas ma femme qui l'adorait et qui lui faisait sa lessive. N'écoutez pas les gens qui vous disent que Windsor se promenait dans des vêtements sales, c'est faux. Sa femme, debout près de la grande photo de Martin Luther King, acquiesce. Elle était aux funérailles parce qu'elle croit encore en Dieu. Comme si je ne lui suffisais pas. Tout le monde rit. Lui, pas. Bon, maintenant, c'est votre tour, Windsor. Windsor est mort et enterré, professeur, dit un client. C'est mon nom aussi, fais-je. Pourquoi se précipitent-ils pour parler ainsi à tort et à travers? Voilà une chose que je ne comprendrai jamais avec ces gens. Il y a deux hommes qui avaient le droit de s'exprimer en tout temps et ils sont morts. L'un est un prophète, et c'est Martin Luther King. Et l'autre est un fou, et c'est Windsor. Les autres, taisez-vous. Je vous avais dit que Windsor n'était pas mort. Vous êtes allés à ses funérailles alors qu'il est tranquillement assis ici. À sa place. C'est ainsi que j'ai hérité du siège près des toilettes.

Mes oncles se tiennent la main
en marchant vers la banque.
Comme des enfants qui auraient peur
de se perdre dans une forêt.
Par ce petit geste je réalise leur désarroi.
« Ton père, me souffle mon oncle Zachée,
marchait droit devant lui
comme s'il savait toujours où il allait. »
Quelques personnes se retournent sur notre passage.

LA VALISE

On a voulu récupérer la valise que mon père avait déposée à la Chase Manhattan Bank. Comme je porte le même prénom que lui, l'employé m'a remis la clé de son coffre-fort personnel en me demandant de le suivre vers la chambre forte de la banque. Avec mes oncles, j'y pénètre sur la pointe des pieds. Il n'y a que dans une banque, une église ou une bibliothèque qu'on trouve cette qualité de silence. Les hommes ne se taisent que devant l'Argent, Dieu et le Savoir — la grande roue qui les écrase. Autour de nous, tous les petits coffres-forts individuels gonflés de biens personnels dans ce New York de la haute finance et de la grande misère. L'employé nous laisse seuls. J'ouvre alors le casier de mon père pour trouver un attaché-case.

Je tente de l'ouvrir avant de remarquer qu'il faut connaître le code secret. Des chiffres et des lettres. On a tout essayé : sa date de naissance et ses différents prénoms, ma date de naissance et mon pseudonyme. Mes oncles me dictant toutes sortes de dates possibles, même celle de la mort violente de leur ami d'enfance. On a essayé aussi, en désespoir de cause, son dernier numéro de téléphone avant la grande dérive. On a fait chou blanc. Finalement, l'employé est revenu, et il a fallu remettre la valise à sa place. Je n'aurais pas pu l'emporter sans répondre, au préalable, à une batterie de questions qui m'auraient fait démasquer. J'ai donc remis la valise dans le casier. Et l'employé a fermé le grand coffre de la Chase Manhattan Bank derrière nous.

Mes oncles comme hébétés
devant la porte d'acier.
Et moi plutôt léger
de n'avoir pas à porter un tel poids.
La valise des rêves avortés.

Un de mes oncles, le plus jeune,
me prend brusquement par le bras.
On a failli glisser sur la chaussée mouillée.
Ton père était mon frère préféré.
C'était un homme très discret.
Il entretenait, avec chacun de nous,
une relation particulière.
Même s'il a toujours refusé d'habiter avec nous
il restait très présent dans nos vies.
À sa manière, conclut-il avec un clin d'œil complice.

On a choisi une banquette près de la fenêtre dans ce restaurant à forte odeur de friture où mon père déjeunait à Manhattan. Le jeune serveur se précipite. Peut-on encore déjeuner? demande mon oncle Zachée. On sert à déjeuner 24 heures sur 24, ici. Et ce sera toujours ainsi tant qu'il y aura à New York quelqu'un pour réclamer des œufs au bacon et des pommes de terre frites. Mon oncle Zachée me fait signe d'approcher. Il veut me présenter à la femme du propriétaire qui connaissait bien mon père. Elle a des bras très blancs, une petite moustache, et cette lueur dans les yeux. Votre père mangeait ici chaque midi. J'ai refusé qu'il paie dès que j'ai su son histoire. Je ne pouvais pas inviter tous les exilés, car ce n'est pas ce qui manque à New York. Mais son parcours ressemblait à celui de mon mari. Ils ont été tous deux journalistes et ambassadeurs avant d'être radiés. Mon mari était ambassadeur en Égypte et au Danemark. Au début ils passaient leur temps à parler de politique étrangère. C'était la passion de mon mari. Et si j'ai acheté ce restaurant c'est pour qu'il puisse rencontrer des amis de son pays et parler politique. Votre père passait toujours à la caisse avant de partir. Jamais il n'a tenu ma générosité pour acquise. Je refusais mais il insistait. Je lui remettais son argent en faisant semblant de lui rendre de la monnaie. Il fourrait le tout dans sa poche. Pas le genre à compter. S'en est-il jamais aperçu ? Elle rit doucement. Je ne l'ai pas fait par pitié. C'était surtout pour mon mari. Je savais qu'on ne le reverrait plus s'il pensait ne pas pouvoir payer. Je m'arrangeais donc pour qu'il puisse toujours régler son repas. Et votre mari ? Il est là-bas près de la fenêtre. Parfois ça va, d'autres fois non. Ça fait une semaine qu'il attend votre père. Je n'ose pas lui dire qu'il est mort.

J'avais quatre ou cinq ans
quand mon père a quitté Haïti.
Il était plus souvent dans le maquis qu'à la maison.
Voilà un homme à l'origine de ma vie
dont j'ignore même la manière de nouer sa cravate.

Dans l'étouffante solitude de l'exil
il a eu, un jour, l'idée lumineuse
de confier cette valise à la banque.
Je le vois déambuler dans les rues
après avoir mis en lieu sûr
son bien le plus précieux.

Cette valise m'attendait.
Il a fait confiance au réflexe de son fils.
Ce qu'il ne savait pas
(tais-toi donc, on n'apprend rien à un mort),
c'est que le destin ne se transmet pas de père en fils.
Cette valise n'appartient qu'à lui.
Le poids de sa vie.

DERNIER MATIN

Je ne sais pas trop pourquoi
j'ai eu tant envie de voir ce matin
mon ami Rodney Saint-Éloi au 554, rue Bourgeoys.
Appréciez l'ironie de ce nom de rue
pour une modeste maison d'édition de gauche
dans ce quartier ouvrier de Pointe-Saint-Charles.

M'attendaient en haut de cet escalier raide
le large sourire de Saint-Éloi
et un saumon cuisant à feu doux
sur un tapis de fines rondelles
d'oignon, de tomate, de citron et de poivron rouge.

Affichés sur le mur les poèmes lumineux
de Jacques Roumain, ce jeune homme qui chanta
si tristement Madrid sous la mitraille
avec cette élégance féminine
qui nous rappelle Lorca.

Nous voilà assis,
Saint-Éloi et moi.

L'un en face de l'autre.
Tous deux venus d'Haïti.
Lui, il y a à peine cinq ans.
Moi, il y a près de trente-cinq ans.
Entre nous trente interminables hivers.
C'est le chemin difficile qu'il devra prendre.

Il arrive au moment
où je pars.
Il commence quand
je termine.
Déjà la relève de la garde.
Comme le temps a filé.

Un jour, il aura
devant lui un autre
qui lui ressemblera
comme un jeune frère.
Et il se sentira
comme je me sens aujourd'hui.

Le divan rouge où dort si profondément cette longue brune. La nuit fut mouvementée. Quelques bouteilles de vin vides, une boîte de maquillage, un soutien-gorge jaune et noir. Des restes de repas traînant encore sur la table. Les épices dans de minuscules bouteilles. Des serviettes par terre dans la salle de bains. Les assiettes sales encombrant l'évier. Je sors sur le petit balcon qui donne sur une cour sans jardin. La vie d'intellectuel dans une banlieue ouvrière.

Des tableaux de Tiga sur les murs. Une photo du poète Davertige (costume clair, melon noir et large sourire) à l'entrée. Ce sourire sous la douleur d'un dandy au repos qui me rappelle mon père. Les derniers livres publiés par les éditions Mémoire d'encrier un peu partout : entre les draps, sous le lit, sur le réfrigérateur, dans la salle de bains, jusque sur le four allumé où mijote un poulet à la créole.

L'exil combiné au froid
et à la solitude.
L'année, dans ce cas, compte double.
Mes os sont devenus secs.

Nos yeux épuisés de voir le même décor.
Nos oreilles lasses d'entendre la même musique.
Nous sommes déçus d'être devenus
ce que nous sommes devenus.
Et nous ne comprenons rien
à cette étrange transformation
qui s'est faite à notre insu.

Et l'exil du temps est plus impitoyable
que celui de l'espace.
Mon enfance
me manque plus cruellement
que mon pays.

Je suis entouré de livres.
Je tombe de sommeil.

Je vois dans mon rêve
la valise de mon père
tourbillonner dans l'espace.
Et son regard sévère
qui se tourne lentement vers moi.

Un dernier coup d'œil par le hublot de l'avion.
Cette ville blanche et froide
où j'ai connu mes plus fortes passions.
Aujourd'hui la glace m'habite
presque autant que le feu.

II

Le retour

DU BALCON DE L'HÔTEL

Du balcon de l'hôtel
je regarde Port-au-Prince
au bord de l'explosion
le long de cette mer turquoise.
Au loin, l'île de la Gonâve
comme un lézard au soleil.

Cet oiseau qui traverse
mon champ de vision
si brièvement — huit secondes à peine.
Le voilà qui revient.
Est-ce un autre?
Comme je m'en fous.

Le jeune homme qui balaie
avec tant d'énergie la cour de l'hôtel
si différent du vieux d'hier matin
semble avoir la tête ailleurs.
Balayer, parce qu'elle permet de rêver,
est une activité subversive.

Ce matin ce n'est pas Césaire
que j'ai envie de lire
mais bien ce Lanza del Vasto
qui parvient à se satisfaire
d'un verre d'eau fraîche.
J'ai besoin d'un homme serein
et non d'un bougre en colère.

Je ne veux plus penser.
Simplement voir, entendre et sentir.
Et tout noter avant de perdre la tête,
intoxiqué par cette explosion de couleurs
d'odeurs et de saveurs tropicales.
Cela fait si longtemps
que je ne fais pas partie d'un tel paysage.

Dans ce bidonville du nom de Jalousie (à cause de la
proximité des villas luxueuses, ce qui nous dit quelque
chose de l'humour qui y règne) la fillette s'est réveillée la
première pour aller chercher l'eau. Je la suis avec une
longue-vue prêtée par la propriétaire de l'hôtel. Elle
grimpe la montagne comme une petite chèvre avec un
bidon en plastique sur la tête et un autre dans la main
droite. Je l'ai perdue de vue tandis que j'examinais le
quartier au réveil. La revoilà. La robe mouillée plaquée
sur un jeune corps maigre. Le moustachu en cravate qui
prend son café sur sa galerie la suit du regard.

Observons la scène de près.
Gros plan sur le visage du moustachu.

Concentration massive de sa part
sur la danse des hanches de la jeune fille.
Le moindre mouvement de ce corps si souple
est absorbé par de petits yeux avides.

Léger frémissement du nez.
Le félin bondit.
Griffes fichées dans la nuque.
Dos arqué de la fillette.
Pas de cri.
Tout s'est passé
dans sa tête
entre deux gorgées de café.

Je m'assois sur la véranda
en déposant doucement la longue-vue
au pied de la chaise.
Réchauffé par le soleil
si présent dès six heures du matin
je ne tarde pas à glisser dans un sommeil
tour à tour léger et profond.

Presque suffoqué
par cette odeur de sang chaud
qui me monte au nez.
Le boucher dépèce
sous ma fenêtre.
La machette siffle.
Cet arc rouge dans l'air.
La gorge tranchée d'un jeune cabri.

L'animal semble sourire sous la douleur.
Ses yeux d'un vert tendre me trouvent.
Qu'y a-t-il par-delà une telle douceur?
Sa nuque se casse
comme un champ de canne courbé par la brise.

Derrière moi la propriétaire
qui sourit des yeux.
Sa longue expérience
de la douleur
devrait être enseignée
dans une époque
où l'on apprend tout
sauf à faire face
à la tempête de la vie.

LE FLEUVE HUMAIN

Je descends dans la rue
pour un bain
dans ce fleuve humain
où plus d'un se noie
chaque jour.

Cette foule ruminant la chair fraîche et naïve
de tous ces exilés qui espèrent retrouver
dans cette énergie les années d'absence.
Je ne suis ni le premier ni le dernier.

Sur les trottoirs.
Dans les parcs.
Dans la rue même.
Tout le monde achète.
Tout le monde vend.
On tente de berner la misère
par une incessante agitation.

Je balaie tout du regard.
Paysans écoutant leur transistor.

Voyous à moto.
Fillettes faisant le tapin près de l'hôtel.
Musique de mouches
au-dessus d'une boue verte.
Deux fonctionnaires traversent lentement le parc.

Zoom sur cette jeune fille riant sur le trottoir d'en face
avec un cellulaire vissé à l'oreille. Une voiture s'arrête
près d'elle. Klaxon strident — la main semble bloquée
dessus. La fille fait semblant de ne rien entendre. La voiture continue sa route. Rires des marchandes de fruits
qui ont assisté à la scène.

Couleurs primaires.
Dessins naïfs.
Vibrations enfantines.
Aucun espace vide.
Tout est plein à ras bord.
La première larme fera déborder
ce fleuve de douleur dans lequel
on se noie en riant.

Tête fière.
Ventre creux.
L'élégance morale de cette jeune fille
qui repasse devant moi
pour la troisième fois en cinq minutes.
Sans un regard dans ma direction.
À l'affût du moindre geste de ma part.

Avez-vous déjà pensé à une ville
de plus de deux millions d'habitants
dont la moitié crève littéralement de faim?
La chair humaine, c'est aussi de la viande.
Pendant combien de temps un tabou
pourra-t-il tenir face à la nécessité?

Désir de la chair.
Visions psychédéliques.
Regards de biais.
On voudrait dévorer
son voisin à midi.
Comme une de ces mangues
à la peau si douce.

Un homme chuchote quelque chose à l'oreille
d'un ami qui sourit discrètement.
Un vent léger soulève la robe de cette femme
qui file, en riant, se cacher derrière un mur.
Une petite pluie si fine
que je ne m'étais pas rendu compte qu'il pleuvait.
La misère fait la sieste.

Ce lézard indécis,
après mûre réflexion,
saute de sa branche.
Un éclair d'un vert tendre
gifle l'espace.

Je suis dans cette ville
où il ne se passe,

pour une fois,
rien à part
le simple plaisir d'être vivant
sous un soleil éclatant
au coin des rues Vilatte et Grégoire.

Des centaines de tableaux recouverts de poussière
accrochés sur les murs, le long de la rue. On les croirait
peints par un seul et même artiste. La peinture est aussi
populaire dans ce quartier que le football. Les mêmes
paysages luxuriants reviennent pour dire que l'artiste ne
peint pas le pays réel mais bien le pays rêvé.

J'ai demandé à ce peintre aux pieds nus
pourquoi il peint toujours ces arbres croulant
sous les fruits lourds et juteux
alors que tout est désolation autour de lui.
Justement, me fait-il avec un triste sourire,
qui veut accrocher dans son salon
ce qu'il peut voir par la fenêtre ?

OÙ SONT PARTIS LES OISEAUX?

Quand je vois cet adolescent assis tout seul
sur une branche de manguier en train
de gratter une vieille guitare déglinguée
je me dis que les musiciens amateurs
ont remplacé les oiseaux.
Ce qui manque à ce garçon
c'est une paire d'ailes transparentes.

Un homme qui m'a connu il y a trente-cinq ans s'approche de moi les bras ouverts. Il me rappelle, avec force détails et d'abondants postillons des souvenirs complètement oubliés ou, pire, qui ne m'intéressent pas. Je tâche d'éviter son regard durant la conversation. Ce qui s'annonçait comme un délicieux moment de retrouvailles s'est changé en supplice. J'attends l'instant précis où il va en venir au fait : l'argent. Finalement il est parti sans rien me demander. Je l'ai peut-être sous-estimé. Je tente en marchant de remonter le fil de son bavardage. Pourquoi ne l'ai-je pas écouté plus attentivement? À cause de ses vêtements sales, de ses ongles noirs, de sa bouche édentée? S'il avait été plus propre et

plus florissant, lui aurais-je accordé plus d'attention?
Pourtant il déroulait sous mes yeux l'album photos de
mon adolescence.

Ce vieux monsieur légèrement cassé à la taille
balayant les feuilles sèches
tombées dans la cour de la mairie.
Une activité qui doit lui prendre toute la journée.
De temps en temps, il s'assoit
mais doit se relever à chaque petit vent
qui apporte de nouvelles feuilles sèches.

Pas loin de là, sur un divan jaune qu'une petite fille vient
à peine de nettoyer, deux hommes d'affaires causent en
attendant de voir le maire. Les voix des passants cou-
vrent la négociation à voix basse de ces hommes qui ont
toujours vécu dans un monde protégé par le fric.

On n'a aucune idée
de l'effet de l'argent neuf
sur les yeux
dans un pays
où l'ouvrier gagne
moins d'un dollar par jour.

Je revois hier soir, devant la discothèque,
cette adolescente en minijupe rouge
avec un petit corsage jaune
hurlant qu'elle n'est pas une pute
parce que « je ne veux pas d'argent,

je veux tout ce qu'on achète
avec l'argent ».

Je suis assis sous l'amandier de l'hôtel.
À l'heure de la sieste.
Un petit mur rose
me sépare de la rue.
La vie est de l'autre côté.

Debout sur le banc, j'observe par-dessus le mur trois
jeunes filles devant une pyramide de fruits colorés. Elles
causent entre elles mais à une telle vitesse que je ne parviens pas à capter tout ce qu'elles disent. Cela m'intéresse moins que la beauté de la scène.

Ce que je vois au marché
n'est pas différent de ce que je vois
sur le petit tableau que je viens d'acheter.
Je regarde les deux scènes
sans pouvoir déterminer
laquelle imite l'autre.

Un oiseau file à tire-d'aile
vers le ciel net et dur de midi.
Si maigre mais avec une étonnante
détermination de s'approcher
le plus près possible du soleil.
Il est allé si loin
que mes yeux ont abandonné la partie.

ON NE MEURT PAS ICI

Une jeune fille bien coiffée.
Jupe noire couvrant le genou.
Elle traverse la petite place à pas rapides
vers un téléphone public
dont le fil a été coupé.
Elle s'assoit sur le banc à côté de la cabine.
La tête entre les mains.

Des hommes en noir.
Des femmes en pleurs.
Une pluie fine malgré le soleil.
Le petit cimetière, caché derrière le marché,
est une oasis de paix.

Des femmes en deuil sans être veuves
viennent parmi les morts
raconter leur misère
sans crainte de se faire interrompre.
C'est le seul endroit
que les tueurs ne fréquentent pas.

Être sur une île déboisée
en sachant qu'on ne verra
jamais ce qui se passe
de l'autre côté de la mer.
Pour la majorité des gens d'ici
l'au-delà est le seul pays
qu'ils espèrent visiter un jour.

Un chien remonte la rue.
Nez vers le ciel.
Queue raide.
Il court prendre la tête
du cortège funèbre.

Je me souviens des porteurs de mon enfance
qui dansaient avec le cercueil sur leurs épaules.
Des femmes menaçant de se jeter
dans le trou pour rejoindre leur mari.
Des chiens apeurés courant parmi les tombes
tandis que le vent faisait balancer les palmiers
comme une fillette qui joue avec ses tresses.
La mort me semblait si drôle à l'époque.

Plus tard dans mon adolescence
il ne se passait de jour sans que
le tocsin sonne pour quelqu'un.
Ce qui glaçait, chaque fois, le sang de ma mère.
La mort que l'on comparait alors à un voyage
me faisait plutôt rêver.

La mort pouvait venir n'importe quand.
Une balle dans la nuque.
Un éclat rouge dans la nuit.
Elle arrivait si rapidement qu'on
n'avait jamais le temps de la voir venir.
Cette vitesse a fait douter de son existence.

VIE DE QUARTIER (AVANT ET APRÈS)

Quartier calme.
Vie discrète.
Une marchande s'installe
près d'un mur.
Une deuxième.
Une troisième.
Et la semaine d'après
c'est un nouveau marché.
Et la vie a changé dans le voisinage.

Un homme en sueur
avec un bidon d'eau en plastique blanc.
Il se cache derrière ce muret
pour se laver furieusement le visage,
le cou, le torse et les aisselles.
Avant de s'enfoncer à nouveau dans le marché.

Comment peut-on penser à l'autre quand on n'a pas
mangé depuis deux jours et que son fils est couché à
l'hôpital général où l'on manque même de gaze? C'est
ce qu'a pourtant fait cette femme en m'apportant un
verre d'eau fraîche. Où puise-t-elle tant d'abnégation?

C'est bien moi sur la photo jaunie,
ce jeune homme maigre du Port-au-Prince
de ces terribles années 70.
Si on n'est pas maigre à vingt ans en Haïti,
c'est qu'on est du côté du pouvoir.
Pas seulement à cause d'une nutrition déficiente,
plutôt de cette constante angoisse
qui vous travaille au ventre.

Je me souviens d'un soleil qui tapait fort sur les nuques.
Rue poussiéreuse et sans arbres. On avait tous le même
visage émacié (yeux fous et lèvres sèches). C'est ainsi
qu'on reconnaissait notre génération. Nous nous
retrouvions l'après-midi dans un petit resto près de la
place Saint-Alexandre, avec vue sur les fesses flasques du
poète anarchiste Carl Brouard. Ce fils de la bonne bourgeoisie avait choisi de se vautrer dans cette boue noire,
au milieu d'un marché de charbon, afin de partager le
malheur des gens des quartiers populaires. Il n'y avait
pas que des poètes de salon autour d'un pouvoir corrompu.

On discutait ad nauseam de l'absurdité
d'une telle vie en évitant
les références trop évidentes
à la situation politique
car les quartiers populaires grouillaient
d'espions à la solde de la préfecture.

Ces crocodiles à lunettes noires
rôdant dans les bordels fréquentés
par les étudiants en sciences politiques
et en chimie qui sont toujours
les premiers à prendre la rue.

Cela fait trois décennies que je fais gras à Montréal
pendant qu'on continue
à faire maigre à Port-au-Prince.
Mon métabolisme a changé.
Et je ne sais plus ce qui se passe
dans la tête d'un adolescent d'aujourd'hui
qui ne se souvient pas
d'avoir mangé un seul jour
à sa faim.

Mon hôtel se trouve
au cœur d'un marché.
Dès trois heures du matin
les marchandes arrivent.
On décharge les camions remplis de légumes
et le vacarme s'installe
jusqu'à parfois onze heures du soir.

Panne d'électricité.
Impossible de lire.
Je n'arrive pas à dormir non plus.
J'observe, par la fenêtre, les étoiles
qui me ramènent à mon enfance
du temps que je veillais tard avec ma grand-mère
sur la galerie de notre maison à Petit-Goâve.

Je regarde mon pauvre corps couché
sur ce lit d'hôtel en sachant
que mon esprit vagabonde
dans les couloirs du temps.

Je finis par trouver le sommeil.
Un sommeil si léger
que je reste réceptif au moindre bruit.
Comme celui que font ces touristes
qui rentrent d'une fête.
Il y a si peu de touristes dans ce pays
qu'on serait prêt à les payer pour qu'ils restent.

Les cris aigus d'une chatte qu'on égorge.
Les alcooliques nocturnes raffolent
de cette viande en grillade
sans souci de la voix affolée
qui cherche partout Mitzi.

Mal de tête.
Ne pouvant dormir
je sors m'asseoir
sur la véranda.

Quelque chose bouge là-haut.
Une petite fille en train
de grimper la montagne
avec un seau d'eau sur la tête.
Ici on vit d'injustice et d'eau fraîche.

PASSAGE À VIDE

Le jeune homme qui balaie chaque matin
la cour de l'hôtel
m'apporte du café avec un mot de ma sœur.
Elle n'a pas voulu me réveiller
mais ma mère ne va pas trop bien.
Elle s'est enfermée dans sa chambre
et refuse d'ouvrir à quiconque.

J'ai trouvé les gens plutôt joyeux. Et ma sœur qui m'embrasse en dansant. Qu'est-ce qui se passe? Rien. Et ma mère? C'était ce matin, maintenant elle va bien. Ça arrive, tu sais. Cela m'est arrivé aussi à Montréal de tomber dans un gouffre sans crier gare pour remonter à la surface quelques heures plus tard. L'ennemi, à Montréal, est à l'extérieur, quand il fait moins trente degrés depuis cinq jours. Ici l'ennemi est à l'intérieur de soi, et la seule nature à dominer, c'est la sienne.

J'entends chanter ma mère. Une chanson qui fut populaire dans sa jeunesse. Radio Caraïbes la passe souvent dans son émission « Chansons d'autrefois ». Ma sœur me souffle qu'elle est souvent ainsi après une descente en enfer.

Marie, ce nom si simple
que j'ai l'impression
de partager ma mère
avec les copains du quartier.

En y pensant je n'ai aucune anecdote
de ma mère quand elle était petite fille.
Ce n'est pas son genre de parler d'elle.
Et les histoires de tante Raymonde tournaient
toujours autour de sa propre personne.
J'essayais en vain d'apercevoir ma mère
derrière elle.

Ma mère ne se baigne pas
dans le fleuve de l'Histoire.
Mais toutes les histoires individuelles
sont comme des rivières qui la traversent.
Elle conserve dans les replis de son corps
les cristaux de douleur de tous ces gens
que je croise dans les rues depuis mon arrivée.

Douleur.
Silence.
Absence.
Voilà qui n'a rien à voir
avec le folklore.
Mais de cela
on ne parle jamais
dans les médias internationaux.

GHETTO EN GUERRE DANS LA CHAMBRE

Dans l'étroite chambre de mon neveu.
Des livres sur une petite étagère
à côté d'un poster de Tupac Shakur.
J'y ai repéré un de mes romans
et un recueil de poèmes de son père.

Mes yeux cherchent le moindre détail
afin de pouvoir remonter le temps
pour retrouver le jeune homme
que j'étais avant ce départ précipité.

Nous sommes assis sur le lit défait
à regarder un documentaire sur des gangs violents
qui s'affrontent dans le bas de la ville.
Les coups de feu claquent.
De temps en temps, ma mère vient
jeter un coup d'œil suspicieux.
Mon neveu est à l'âge où la mort
est encore une chose esthétique.

Une équipe de télé danoise suit de près
les violents affrontements qui font rage

depuis des mois dans ce quartier misérable.
Un graffiti sur un mur montre un ventre affamé
et une bouche édentée tenant un fusil
plus lourd que le poids d'un adulte
de la zone.

Une jeune Française s'est introduite
dans ce bidonville explosif.
Gros plans sur deux frères aussi sensitifs
que des cobras au soleil.
Chacun est chef de son camp.

La jeune femme fait le va-et-vient
entre les deux frères.
L'un l'aime.
Elle aime l'autre.
Tragédie grecque à Cité Soleil.

Bily est obsédé par son jeune frère
qui a pris le nom de Tupac Shakur.
Fascination de la culture américaine
jusque dans les régions les plus pauvres
du quart-monde.

Je regarde les deux frères
déambuler dans la Cité.
Tueurs au corps mince.
Visages émaciés.
Cocaïne à gogo.
Des armes partout.
La mort jamais loin.

Je me demande ce que pense
mon neveu de tout ceci.
C'est sa culture.
Génération nouvelle.
La mienne fut celle des années 70.
Chacun reste emmuré dans son époque.

Depuis un certain temps
on tue à midi dans ce pays.
La nuit n'est plus complice de l'assassin
qui rêve d'accrocher son étoile là-haut.
Pour atteindre un pareil sommet aujourd'hui
il faut tuer à visage découvert
et revendiquer le crime aux nouvelles à la télé.

Les tontons macoutes de mon époque devaient
se cacher derrière des lunettes fumées.
Tueurs en série.
Papa Doc étant l'unique star.

Tupac, le jeune chef qui ressemble tant à Hector,
a conquis l'Étrangère.
Le baiser fauve
sur une natte de jonc par terre
doit rendre fous cette nuit
tous les guerriers sous les remparts de la Cité.

Tupac fait maintenant des discours politiques.
Parcourt Cité Soleil en voiture.
Se prend pour un vrai chef.

Parle fort et tire vite.
Brusquement devient lucide et
se voit tel qu'il est : un paumé.

Face à la caméra.
Assis dans la pénombre.
Tupac : « Si j'arrête, je suis mort.
Si je continue, je suis mort. »
Je sens frémir mon neveu comme
s'il faisait face à un pareil dilemme.

C'est une ville où les tueurs
veulent tous mourir jeunes.
Tupac tombe en pleine gloire
dans la poussière de Cité Soleil.
Comme son frère Bily.
Tous deux tués par ce frêle jeune homme
qui, du coup, sort de l'ombre.

La fille repart avec l'équipe de télé.
Dans la bobine il y a du sang, du sexe et des larmes.
Tout ce que demande le spectateur.
Générique.

L'ÉCRIVAIN EN HERBE

Mon neveu voudrait devenir un écrivain célèbre.
L'influence de cette culture de rock stars.
Son père est un poète en danger de mort.
Son oncle, un romancier vivant en exil.
Il faut choisir entre la mort et l'exil.
Pour son grand-père ce fut la mort en exil.

C'est avant de commencer
qu'on a le loisir de penser à la célébrité
car dès la première phrase écrite
on fait face à un archer
sans visage
qui vise d'abord l'ego.

Plus tard.
Dans un fauteuil profond.
Au coin du feu.
La gloire viendra.
Trop tard.
L'idéal alors sera
une journée sans douleur.

La pire connerie, paraît-il,
c'est de comparer une époque
à une autre.
Le temps de l'un
à celui de l'autre.
Les temps individuels
sont des droites parallèles
qui ne se croisent jamais.

Dans la petite chambre, mon neveu et moi,
on se regarde sans se voir.
Chacun essaie d'apprivoiser
la présence de l'autre.
Sur la petite étagère je remarque
des Carter Brown qui m'appartenaient.

Pour écrire un roman, j'explique à mon neveu,
avec un sourire en coin,
qu'il faut surtout de bonnes fesses
car c'est un métier
comme celui de couturière
où l'on reste assis longtemps.

Et qui exige aussi des talents de cuisinière.
Prenez une grande chaudière d'eau bouillante
où vous jetez quelques légumes
et un morceau de viande saignante.
On ajoutera plus tard le sel et les épices
avant de baisser le feu.
Tous les goûts finissent par se fondre en un seul.
Le lecteur peut passer à table.

On dirait un métier féminin,
souligne inquiet mon neveu.
En effet on doit pouvoir se changer
en femme, en plante ou en pierre.
Les trois règnes sont requis.

À voir sa tempe battre ainsi, je sens qu'il est en train de réfléchir à une folle allure. Mais vous ne m'avez pas expliqué la chose la plus importante. Et ce serait quoi? Ce n'est pas uniquement l'histoire, c'est surtout comment on la raconte. Et alors? Il faut m'expliquer comment faire. Tu ne veux pas écrire quelque chose de personnel? Bien sûr. On ne peut pas t'expliquer comment être original. Il doit y avoir des trucs qui aident? C'est toujours mieux quand on les découvre soi-même. On perd du temps. Justement le temps n'existe pas dans cette affaire. J'ai l'impression d'être seul. Et perdu. À quoi ça sert d'avoir un oncle écrivain s'il vous dit qu'il ne peut rien pour vous? C'est déjà bien de savoir ça. Il y a beaucoup de jeunes écrivains qui pensent qu'ils ne peuvent pas écrire parce qu'ils ne font partie d'aucun réseau. Je ne sais peut-être pas écrire. Tu ne peux pas le savoir si tu n'as pas mis au moins une dizaine d'années pour le savoir. Comment ça? Dix ans pour apprendre qu'on ne sait pas écrire? Et, tu peux me croire, c'est un chiffre assez prudent. À quoi sert l'expérience alors? Je ne peux rien te dire de plus, Dany.

Le fils de ma sœur se prénomme Dany.
On ne savait pas si tu allais revenir, m'a dit ma sœur.
Celui qui va en exil perd sa place.

Il va se chercher un verre de jus et revient à la charge.
Une dernière question : est-il mieux d'écrire à la main
ou à l'ordinateur ? C'est toujours mieux de lire. D'ac-
cord, je vois que je ne vais rien tirer de vous, fait-il en
prenant un Carter Brown sur la petite étagère avant de
filer aux toilettes.

Sur la petite galerie.
Moi, assis.
Lui, debout.
Distance respectueuse.
Vous ne racontez jamais votre époque.
Je n'ai pas d'époque.
On a tous un temps.
Je suis en face de toi, et c'est ça mon époque.
Le cri d'un oiseau qui ne supporte pas
la chaleur de midi.

Ma tante me prend à part,
dans une pièce sombre
où les meubles sont recouverts de draps blancs,
pour me saouler avec
d'interminables sagas familiales
dont les protagonistes
me sont inconnus et dont les enjeux
sont si confus
qu'elle-même ne s'y retrouve plus.
L'impression d'être dans le roman
d'un écrivain négligent.

Mon neveu est allé rejoindre un ami
près de la barrière.
Je les observe en train de bavarder.
Avec des gestes d'affection
l'un pour l'autre.
Ils partagent la même angoisse :
rester ou partir.

UNE VILLE BAVARDE

Cet homme assis seul,
le dos appuyé contre la barrière,
est vite rejoint par un inconnu
qui lui raconte toutes sortes d'histoires
sans queue ni tête.

La chasse au solitaire
est une passion collective
dans toute ville surpeuplée.

Un camion-citerne stationné
le long du trottoir d'en face.
Je regarde ma mère
penchée sur le côté
traverser la rue pour aller
acheter de l'eau en bouteille.
J'ignorais que traverser une rue
pouvait exiger une telle force de volonté.

Christian, un jeune voisin de neuf ans
qui fréquente la maison,

est venu s'asseoir près de moi.
Nous sommes restés près d'une heure sans parler.
Une bonne brise à travers les feuilles.
Je ne tarde pas à somnoler.
Le garçon est parti si discrètement
que j'ai cru l'avoir rêvé.

Mon neveu m'explique
qu'il a brûlé son premier roman.
Tout bon écrivain commence par
être un critique impitoyable.
Il lui faut maintenant apprendre
à user d'un peu de compassion envers son travail.

On se retrouve, mon neveu et moi, sur son petit lit qui
grince. Je lis des romans policiers, ça me détend après
avoir passé toute la journée à l'université. Beaucoup de
travail? Justement, on ne fait rien. Et tu t'occupes à
quoi? Chacun attend de recevoir son visa américain, et
dès qu'il l'a eu, même en plein milieu des examens, il
met les voiles.

Une feuille, près de moi,
tombe.
Sans bruit.
Quelle élégance!

Un bruit mat.
Celui que fait ce gras lézard
en tombant près de ma chaise.

On se regarde un moment.
Il trouve finalement plus d'intérêt
à la mouche effrayée.

J'écoute la radio.
Une parole soyeuse comme un voile
qui cache la vérité sans l'effacer tout à fait.
On a toujours quelque chose à raconter
dans un pays où la parole est justement
la seule chose qu'on peut partager.

La musique s'arrête brutalement.
Aucun son.
Le vide.
Une panne d'électricité?
Long silence dans tout le quartier.
Puis ce cri de douleur de notre jeune voisine.

Pour pouvoir entendre un si fort silence
dans une ville aussi bavarde
il aura fallu que tant de gens
se taisent en même temps.

La radio annonce
la mort de ce jeune musicien
tant aimé du public
que mon neveu connaît bien
pour avoir partagé avec lui
un bref temps
le cœur d'une jeune fille.

Mon neveu se change à toute vitesse. Le regard inquiet de ma mère. La Chevrolet cabossée se gare sur le trottoir d'en face. Ils sont déjà cinq à l'intérieur. Deux filles à l'arrière. Mon neveu se glisse entre elles. Son visage change immédiatement. La voiture démarre. On entend chanter à la radio ce jeune musicien qui vient de mourir. Ma sœur regarde droit devant elle sans rien dire. C'est maintenant que je vois à quoi ressemblait le visage de ma mère quand je partais ainsi en vadrouille le samedi soir. On se croisait près de la place Saint-Alexandre, le dimanche matin, alors qu'elle se rendait à l'église et que je revenais d'une fiesta.

LE CHANT DE MA MÈRE

Nous sommes sur la galerie.
Près des lauriers roses.
Ma mère me parle tout bas de Jésus,
l'homme qui a remplacé son mari
en exil depuis cinquante ans.
Au loin la voix d'une marchande de pacotille.

Chaque famille a son absent dans le portrait de groupe.
Papa Doc a introduit l'exil dans la classe moyenne.
Avant, un pareil sort n'était réservé qu'à un président
qui venait de subir un coup d'État ou à un de ces rares
intellectuels qui pouvaient être aussi des hommes d'action.

J'ai pris toutes les précautions du monde
pour annoncer à ma mère
la mort de mon père.
Elle a d'abord fait la sourde oreille.
Puis s'est fâchée contre le messager.
La distance est si fine
entre la longue absence et la mort

que je ne me suis pas assez méfié
de l'impact de la nouvelle sur les nerfs de ma mère.

Ma mère évite de me regarder.
J'observe ses longues mains si délicates.
Elle rentre et sort, sur son doigt,
l'anneau de mariage
tout en fredonnant si doucement
que je peine à comprendre les paroles de la chanson.

Son regard se perd dans le massif de lauriers roses
qui lui rappelle un temps
où je n'étais pas encore.
Le temps d'avant.
Revoit-elle cette époque où elle n'était
qu'une jeune fille insouciante?
Son sourire furtif m'atteint plus que des larmes.

J'entends chanter ma mère
dans la chambre d'à côté.
La nouvelle de la mort de mon père
est enfin parvenue à sa conscience.
Le cortège de douleurs
les jours vides
alternant avec l'éclat du premier regard.
Tout refait surface.

Ce chant de ma mère dont
j'ai fini par capter quelques bribes
parle de marins paniqués,

d'une mer mouvementée
et d'un miracle au moment où
tout espoir semblait perdu.

Elle a l'habitude d'écouter la radio sur un petit poste que
je lui ai envoyé il y a quelques années. Fixé sur la même
station de prières. Elle n'écoute que des sermons et des
chants religieux à l'exception de cette émission de
musique «Chansons d'autrefois» où les chanteurs
atteignent des notes si aiguës qu'elles font gémir le vieux
chien qui dort sous la chaise.

Je fais le va-et-vient entre l'hôtel
et la maison cachée derrière les lauriers roses.
Ma mère s'étonne que je ne couche pas
à la maison.
C'est que je ne veux pas lui donner l'illusion
qu'on vit de nouveau ensemble
quand ma vie se passe loin d'elle
depuis si longtemps.

Je ne cesse de revenir à elle
dans mes écrits.
Passant ma vie à interpréter
le moindre nuage sur son front.
Même à distance.

DANSER SA TRISTESSE

Je m'habille en pensant à cette femme
qui a passé sa vie à se soucier des autres.
C'est aussi une manière de se cacher.
La voilà pour une fois à découvert.
Ma mère dans sa douleur nue.

Dans la voiture de l'ami qui m'amène à elle, je me rappelle qu'on n'écoutait pas de musique à la maison. La radio était faite pour les nouvelles. Et tout ce qu'on pouvait entendre, c'étaient les mêmes discours à la gloire du président. Cela allait si loin qu'on se demandait si lui-même ne souriait pas à toutes ces flatteries. On le comparait aux plus grands, et même une fois à Jésus. L'éclat de rire sec de ma mère à cet instant. Il fallait faire semblant d'écouter pour que les voisins ne puissent nous soupçonner de ne pas adhérer au régime, alors on montait le volume. Nos voisins faisaient pareil. Une atmosphère de paranoïa collective. C'était les années noires. On avait froid dans le dos chaque fois qu'on entendait de la musique classique. Tout de suite après on annonçait un coup d'État manqué, ce qui était toujours prétexte à un carnage. J'avais fini par associer la musique classique à la mort violente.

Chaque matin, à la radio, une voix de stentor
nous rappelait notre serment au drapeau
suivie de celle nasillarde de Duvalier
lui-même qui disait « Je suis le drapeau un et
indivisible ». Depuis, j'ai une allergie aux discours
politiques.

Je revois ma mère en train de danser
avec une chaise
dans la pénombre du petit salon.
Danser sa tristesse vers cinq heures
de l'après-midi.
On dirait un poème de Lorca
évoquant la nuit rouge de Franco.

Ma mère aimait les chiffres. Chaque matin, elle faisait son budget de dépenses de la journée dans un cahier d'école. Comme elle était toujours à court d'argent, ayant perdu son emploi tout de suite après le départ de mon père, elle passait un temps fou à compter et recompter ses piécettes. Des calculs sans fin. Je fais aujourd'hui pareil avec les mots. Sauf que la banque était plus loin de ma mère que le dictionnaire de ma main.

Le petit voisin me signale d'un léger signe de tête
que ma mère vient de se rendormir

en fredonnant encore sa chanson de marins
perdus en mer à qui un ange est enfin apparu.
J'en profite pour aller causer avec ma sœur
dans la chambre du fond où l'on cuit
comme dans une fournaise.

Ma sœur est encore plus secrète que ma mère.
À la voir toujours souriante on n'imaginerait pas
qu'elle vit dans un pays ravagé par une dictature
qui ressemble à un cyclone
qui n'aurait pas quitté l'île pendant vingt ans.

Elle me raconte sa vie quotidienne au travail où on la
traite de snob parce qu'elle se fait un devoir d'acheter un
roman dès qu'elle reçoit son salaire et qu'elle se met du
parfum pour aller au bureau. Plus elle traite les gens
avec respect, plus ils semblent montés contre elle.
Comme si elle leur rappelait cette chose précieuse perdue en chemin : le respect de soi.

Ma sœur parle tranquillement
sans me regarder.
On dirait une petite fille oubliée
par ses parents dans la forêt noire
et qui se demande combien de temps cela prendra
avant d'être rattrapée par la meute.

De retour à la maison, elle trouve sa mère assise sur
la galerie, silencieuse et triste. Ma mère qui était si
gaie. Évidemment, je m'occupe des dépenses de la vie

courante, mais c'est ma sœur qui fait face au quotidien. C'est elle qui voit l'état de santé de ma mère se détériorer. C'est elle qui subit ses plongées : « J'ai peur qu'un jour je sois trop vidée moi-même pour aller la chercher au fond du puits. » Elle me regarde cette fois, et je vois alors mes années d'absence sur son visage. Nous restons un moment sans rien dire. Puis lentement un sourire se met à fleurir. Le nuage noir est passé.

Assis dans la pénombre du salon avec ma sœur, je regarde ma mère vaquer aux occupations du soir. Elle inspecte la cuisine minutieusement avant d'allumer la lampe qu'elle dépose au milieu de la table. Puis ramasse les restes du repas dans un petit bol en plastique bleu. Elle s'assoit enfin pour manger. C'est son rituel.

Pourquoi mange-t-elle dans ce bol en plastique alors que je lui ai envoyé de la vaisselle neuve ? Ma sœur retire de sous le divan la grande boîte où se trouve de l'argenterie jamais sortie de son emballage. Elle n'aime pas ? Au contraire, c'est son trésor. Elle la sort une fois par mois pour la nettoyer. Derrière la lumière de la lampe, son visage semble serein. Elle est toujours belle. C'est son visage de jour de fête. Dès que tu seras parti, me dit ma sœur, ce sera son visage des mauvais jours.

Je suis pris d'un tel sentiment de remords.
L'impression d'un gâchis incroyable.
Ma mère, puis ma sœur.
Les femmes ont payé le plein prix dans cette maison.

J'ai rejoint mon neveu sur la galerie. Il écoutait les nouvelles sur le petit transistor de ma mère. Je m'assois près de lui. Tu rêves parfois ? Oui, mais je ne m'en souviens pas. Je rêvais chaque nuit dans mon enfance, et je racontais mon rêve chaque matin à ma grand-mère. Pourquoi ? À l'époque, on racontait ses rêves. De toute façon, je faisais souvent le même rêve. En fait, je faisais deux sortes de rêves. Dans le premier, j'avais des ailes. Je volais sur la ville. Et je pénétrais dans les maisons par la fenêtre pour regarder dormir les filles dont j'étais amoureux. Mon neveu rit. Et l'autre ? Je rêvais du diable. Et c'était chaque fois pareil. On entendait brusquement un vacarme épouvantable. Les diables arrivaient. On se dépêchait alors de rentrer avant qu'ils soient là. Tu n'as pas connu cette maison, dis-je à mon neveu. Ma mère m'en parle souvent. C'était une grande maison avec beaucoup de portes et de fenêtres. On dirait que ça fait un siècle… On cherchait à les fermer. Mais les diables étaient partout. Quand on fermait une porte, ils entraient par la fenêtre. Aujourd'hui, ces diables sont remplacés par de vrais tueurs qui circulent de jour. Mais je continue à faire les mêmes rêves n'importe où dans le monde. Dans toutes les chambres d'hôtel. C'est la seule chose qui n'a pas changé chez moi. Toujours le même rituel : je me couche dans les draps blancs, lis un moment, puis éteins la lumière pour basculer dans un univers rempli de diables. Vous devriez toujours avoir de l'eau bénite dans votre valise. Ma grand-mère s'en servait quand je faisais des cauchemars. Je tiens à ces rêves. C'est la seule chose qui me reste de ma vie d'avant.

Ma mère et ma sœur
sont venues nous rejoindre
sur la galerie.
Une chorale religieuse à la radio.
Ma mère chante aussi.
Le soir tombe.

LE PROBLÈME SOCIAL

Visage froid dans ce petit matin blême.
Ce jeune crocodile en chemise Cardin
qui se dirige vers sa voiture d'un pas décidé
semble insensible à la vie comme à la mort.

Pour survivre ne serait-ce que moralement
dans cette ville où les règles changent
selon la tête du client
le riche doit éviter de croiser
le regard du pauvre.

À chaque heure aussi
le taux de la gourde change.
Même si l'argent se concentre
dans les mêmes mains.
Que signifie pareille agitation financière
sur une île que les oiseaux ont déjà fuie?

Il se précipite de la maison à sa voiture,
de la voiture au bureau,
du bureau au restaurant

et du restaurant à son chalet près de la mer
où il retrouve sa jeune maîtresse du mois.
S'il ne sait rien du pauvre
ce dernier anticipe ses moindres déplacements.
Le riche est un animal d'habitude.

À quoi sert-il d'être riche dans un pays
constamment à la merci d'une émeute de la faim ?
Le risque de perdre sa fortune
en un jour est encore élevé.
Un bidon d'essence et tout un quartier s'enflamme.
La partie change si vite.
Un crève-la-faim avec une allumette
devient le meneur de jeu.

Pourquoi rester dans cette boue mêlée de merde où
patauge une foule cernée par des anophèles gorgés de
malaria quand on peut mener une vie de rêve ailleurs ?
C'est ici que le riche doit collecter l'argent du pauvre. Et
il ne peut déléguer une pareille opération, étant donné
le niveau moral actuel du pays. Les gens n'ont aucun
scrupule à garder pour eux l'argent qu'ils croient que
vous avez volé. Le débat si chaudement mené ces jours-
ci dans les quartiers pauvres où la morale chrétienne
plante ses crocs depuis toujours se présente sous la
forme d'une redoutable question : est-ce du vol que de
voler un voleur ? L'État répond que oui. L'église aussi. Et
si la question ne leur était pas, pour une fois, adressée ?
La pression est forte sur les épaules du petit employé de
bureau mal payé qui doit rapporter au patron tout l'ar-

gent au centime près ramassé dans les quartiers les plus misérables de l'hémisphère. Toutes ces maisons sans toit ni porte louées à des familles nombreuses et nécessiteuses par des usuriers qui représentent les riches qui vivent dans ces luxueuses villas juchées sur le flanc de la montagne. On est vraiment dans le Hugo des *Misérables*.

Arrivé au Nord, il m'a fallu me défaire
de toute la lourde réalité du Sud
qui me sortait par les pores.
J'ai mis trente-trois ans à m'adapter
à ce pays d'hiver où tout est si différent
de ce que j'avais connu auparavant.

De retour dans le Sud après toutes ces années
je me retrouve dans la situation de quelqu'un
qui doit réapprendre ce qu'il sait déjà
mais dont il a dû se défaire en chemin.

J'avoue qu'il est plus facile
d'apprendre que de réapprendre.
Mais le plus dur c'est encore
de désapprendre.

L'ARCHER AVEUGLE

C'est par le bruit que la Caraïbe
est entrée en moi.
J'avais oublié ce vacarme.
Cette foule hurlante.
Ce trop-plein d'énergie.
Ville de gueux et de riches
debout avant l'aube.

On trouve pareille énergie
dans la peinture primitive
où le point de fuite
se situe non au fond du tableau,
mais dans le plexus
de celui qui regarde la toile.

Quand on observe une scène de marché
chez n'importe quel peintre de rue
on n'a pas l'impression de pénétrer
dans le marché
mais plutôt le sentiment que c'est le marché
qui vous pénètre en vous intoxiquant

avec ses odeurs et ses saveurs.
D'où un mouvement de recul
devant ces fortes couleurs primaires.

Si on meurt plus vite qu'ailleurs,
la vie est ici plus intense.
Chacun porte en soi la même somme
d'énergie à dépenser
sauf que la flamme est plus vive
quand son temps pour brûler
est plus bref.

Derrière moi, les montagnes bleues
qui entourent la ville.
Et ce ciel d'aube légèrement rosé.
Un homme encore endormi
sous un camion rempli de melons.

Dans les médias internationaux
Haïti apparaît toujours déboisé.
Pourtant je vois des arbres partout.
Il faut dire qu'enfant je détestais les arbres
au point de rêver d'asphalter la planète.
Les gens voulaient toujours savoir pourquoi
un enfant n'aimait pas les arbres.
L'impression qu'ils me regardaient de haut.

Deux corbillards se croisent
dans cette rue poussiéreuse
au pied de la montagne.

Chacun emmène son client
à son rendez-vous.
Le dernier taxi coûte plus cher.

La mort, cet archer aveugle.
Actif à minuit comme à midi.
Trop de gens dans cette ville
pour qu'il puisse, au moins une fois,
rater sa cible.

Je n'ai qu'à faire circuler la rumeur
que je suis retourné vivre là-bas
sans préciser de quel là-bas il s'agit
afin qu'à Montréal on puisse croire
que je suis à Port-au-Prince
et qu'à Port-au-Prince on soit sûr que
je suis encore à Montréal.
La mort serait de n'être plus
dans aucune de ces deux villes.

CREVER DANS UN TABLEAU PRIMITIF

J'aime bien grimper sur la montagne, tôt le matin, pour voir de près ces luxueuses villas si éloignées l'une de l'autre. Pas âme qui vive dans les environs. Pas de bruit, sauf celui du vent dans les feuilles. Dans une ville aussi populeuse c'est l'espace dont vous disposez pour vivre qui vous définit. J'ai découvert au hasard de mes promenades que ces vastes domaines ne sont habités que par des domestiques. Les propriétaires résident à New York, Berlin, Paris, Milan ou même Tokyo. Comme du temps de l'esclavage où les vrais maîtres de Saint-Domingue vivaient à Bordeaux, Nantes, La Rochelle ou Paris.

Ils ont construit ces maisons en espérant que leurs enfants qui étudient à l'étranger reviennent prendre en main les affaires familiales. Comme ces derniers refusent de retourner dans un pays plongé dans les ténèbres, ce sont les parents qui se rapprochent d'eux en allant s'installer dans des métropoles où on trouve un musée, un restaurant, une librairie ou un théâtre à chaque coin de rue. L'argent ramassé dans la boue de Port-au-Prince se dépense chez Bocuse ou à la Scala. Les villas sont finalement louées à prix d'or à des cadres des organismes internationaux à but non lucratif pourtant chargés de sortir le pays de la misère et de la surpopulation.

Ces envoyés des organismes humanitaires arrivent à Port-au-Prince toujours pleins de bonnes intentions. Des missionnaires laïques qui vous regardent droit dans les yeux tout en vous débitant leur programme de charité chrétienne. Ils se répandent dans les médias à propos des changements qu'ils comptent apporter pour soulager la misère des pauvres gens. Le temps de faire un petit tour des bidonvilles et des ministères pour prendre le pouls de la situation. Ils comprennent si vite les règles du jeu (se faire servir par une nuée de domestiques et glisser dans leur grande poche une partie du budget alloué au projet qu'ils pilotent) qu'on se demande s'ils n'ont pas ça dans le sang — un atavisme de colon. Leur parade quand on leur remet sous le nez le projet initial, c'est qu'Haïti est inapte au changement. Pourtant ils continuent dans la presse internationale à dénoncer la corruption dans ce pays. Tous les journalistes de passage savent bien qu'il faut passer prendre un verre près de leur piscine pour avoir cette information solide venant de gens objectifs et honnêtes — les Haïtiens, on le sait, ne sont pas fiables. Ces journalistes ne se demandent jamais comment il se fait que ces gens vivent dans des villas pareilles quand ils se disent ici pour aider les damnés de la terre à s'en sortir.

Si Haïti a connu trente-deux coups d'État
dans son histoire
c'est parce qu'on a tenté de changer
les choses au moins trente-deux fois.
On semble plutôt intéressé par les militaires
qui font les coups d'État
que par les citoyens qui renversent
ces mêmes militaires.
La résistance silencieuse et invisible.

Il y a un équilibre dans ce pays
qui tient au fait
que des inconnus
dans l'ombre
font tout ce qu'ils peuvent
pour retarder la nuit.

Quand il y a une panne d'électricité
c'est avec l'énergie des corps érotisés
qu'on éclaire les maisons.
L'unique carburant que ce pays possède
en quantité industrielle
qui soit capable en même temps
de faire grimper la courbe démographique.

Quand on débarque dans cette ville située au bord
d'une mer turquoise et entourée de montagnes bleues,
on se demande combien de temps cela prendra pour
tourner au cauchemar. En attendant il faut vivre avec
l'énergie de celui qui attend la fin du monde. C'est ce

que m'a dit un jeune ingénieur allemand qui travaille, depuis dix ans, à la réfection des routes nationales.

Nous prenons un verre au bar de l'hôtel Montana. Quand est-ce que vous avez compris que l'enfer que nous venons d'évoquer n'est pas pour vous? Il me regarde longuement. C'est mon père, venu passer les fêtes de fin d'année avec moi, qui me l'a fait voir. Mon père est un ancien militaire. C'est son métier de regarder les choses en face et de dire ce qu'il en pense crûment. Que vous a-t-il dit? Qu'on était tous des salauds à vivre dans cet hôtel luxueux et bien protégé tout en se faisant croire qu'on menait une vie dangereuse et difficile. Et après? Je suis encore là dix ans plus tard. Mais au moins je ne me raconte plus d'histoires. On se sert même du cynisme pour ne pas crever de honte.

C'est le quartier général des journalistes étrangers.
Un hôtel haut perché qui permet de savoir
ce qui se cuisine en bas
dans la chaudière de Port-au-Prince
sans être obligé de se déplacer.
Pour les détails on n'a qu'à écouter la radio locale.
Le bar est assez pourvu pour tenir un mois de siège.

J'observe depuis un moment ce caméraman au bout du comptoir. Son bras légèrement posé sur l'appareil. Je m'approche de son coin car j'aime bien les gens dont le métier est de regarder. Mais je ne vois rien, me fait-il. Je ne vois que ce que je suis en train de filmer. Je regarde dans un couloir très étroit. Les gens sont incroyables ici. Ils participent à tout avec un tel enthousiasme. J'ai visité beaucoup de pays avec ce métier, mais c'est la première fois que je vois ça. Vous demandez à quelqu'un dont la famille a été tuée de refaire la scène, et il rejoue tout devant vous en prenant soin de bien faire. L'assassin aussi, vous n'avez qu'à demander et il vous fait l'assassin. C'est un plaisir de travailler ici. Partout on vous demande de l'argent, mais pas ici. Bon, des camarades m'ont dit que les marchandes exigent parfois d'être payées pour se faire photographier, mais c'est quand elles vous trouvent antipathique. C'est la faute à ces photographes qui ne savent pas s'y prendre. Ils précipitent les choses. Il ne faut surtout pas bousculer les gens, ici. Ils ont leur dignité. Ils sentent tout de suite si on les respecte, et quand ils ont l'impression qu'on se moque d'eux alors là je peux vous dire qu'on court un grave danger, sinon c'est vraiment sympa. Et puis ce décor est magnifique, pas trop vert pour ne pas faire carte postale, tout est bien, je n'ai pas à me plaindre. Excusez-moi c'est votre pays et je parle comme ça, je ne suis pas insensible à ce qui arrive, je vois la misère et tout, mais là je parle en professionnel, c'est comme ça pour tous les métiers, si vous entendiez ce que disent les chirurgiens quand ils vous opèrent, ils m'ont ouvert le ventre trois fois, et curieusement de les entendre parler de ce qu'ils ont mangé la veille pendant qu'ils me tailladent ça me rassure car je sais qu'ils le font pour se décontracter. Je ne veux pas insinuer que ces gens sont insensibles à leur propre malheur, c'est simplement qu'ils aiment jouer, ce sont des comédiens-nés, alors que fait un comédien quand la caméra s'allume ? Il joue. Les gosses, surtout les gosses, et ils sont d'un naturel. Et dans un tel décor. On a l'impression que rien n'est vrai ici. J'entends les grosses huiles parler, je couvre des conférences de presse au palais, des réceptions dans les ambassades, mais je peux dire, si vous me permettez, que la seule chose qui pourrait sortir ce pays de sa situation de misère, c'est le cinéma. Si les Américains laissaient tomber Los Angeles et qu'ils venaient tourner un max de blockbusters ici et que le gouvernement haïtien était assez malin pour exiger un quota, je dis bien un quota, de comédiens haïtiens sur chaque tournage, eh bien dans moins de vingt ans, on verrait ce pays sortir de la misère, et ce serait de l'argent honnêtement gagné car ce sont de fabuleux comédiens. Et le décor aussi, c'est très coloré, très, très vivant. Je n'aurais jamais cru qu'on puisse crever dans un tel paysage.

LA FAIM

Je me suis réveillé
au milieu de la nuit.
Les nerfs en pelote.
Mon pyjama complètement mouillé.
Comme si j'avais nagé
dans une mer de bruits.

J'ai vu sortir de cette minuscule
maison de trois pièces
à peine protégée par des murs aussi minces
que du papier fin
pas moins de trente-six personnes
en moins d'une heure.
Pas un millimètre qui ne soit occupé.
Pas une seconde de silence, j'imagine.

On cherche la vie
chez les pauvres
dans un vacarme absolu.
Les riches ont acheté le silence.

Le bruit se concentre
dans un périmètre bien déterminé.
Les arbres sont ici rares.
Le soleil, implacable.
La faim, constante.

Dans cet espace grouillant de gens.
C'est d'abord l'obsession du ventre.
Vide ou plein ?
Le sexe vient tout de suite après.
Le sommeil, enfin.

Quand un homme préfère
un plat de riz aux haricots rouges
à la compagnie galante d'une femme
c'est qu'il se passe quelque chose
dans l'ordre du goût.

La scène est devenue courante. Les riches fuyant les
pauvres délaissent la ville pour aller vivre dans des coins
de campagne de plus en plus discrets. Cela ne dure pas
longtemps avant que la nouvelle se répande dans la zone
de surpopulation. Et commence alors le siège. Une
petite cahute dans les ravins. Une autre au pied de cette
villa rose. Et en moins de deux ans un bidonville est là,
asphyxiant le nouveau quartier huppé. Toute guerre n'a
pour but qu'une occupation du territoire.

L'espace de la parole aussi peut être occupé. Cela fait
plus d'une heure que cette vieille femme édentée me

raconte une histoire à laquelle je ne comprends rien. Je sens par contre que c'est la sienne et qu'elle vaut, à ses yeux, celle de n'importe qui d'autre.

Une journée dure ici une vie.
On naît à l'aube.
On grandit à midi.
On meurt au crépuscule.
Et demain, il faut changer de corps.

Le klaxon sert à tout. Il remplace parfois le chant du coq. Il secoue le piéton distrait. Il annonce un départ ou une arrivée. Il exprime la joie ou la colère. Il monologue sans cesse dans le trafic. Interdire le klaxon à Port-au-Prince serait de la censure.

Je suis entré dans un cybercafé pour tomber sur cet ami que je n'avais pas vu depuis un moment. Mon vieux complice Gary Victor avec son visage lunaire me fait penser au gentil Jasmin Joseph, celui qui ne peignait que des lapins. Gary Victor sort chaque fois de son chapeau un roman plein de diables, de voleurs, de zombies, d'esprits moqueurs et de bandes carnavalesques aux couleurs riantes d'un tableau naïf. Mais si chargé d'obsessions qu'à la fin ça devient aussi noir qu'un cauchemar d'adolescent. J'ai discuté un moment avec lui à propos de ce que pourrait être le sujet du grand roman haïtien. On a d'abord passé en revue les obsessions des autres peuples. Pour les Nord-Américains, on a pensé que c'était l'espace (le Far West, la conquête de la Lune, la route 66). Pour les Sud-Américains, c'est le temps *(Cent Ans de solitude).* Pour les Européens, c'est la guerre (deux guerres mondiales en un siècle, ça marque un esprit). Pour nous, c'est la faim. Le problème, m'a dit Victor, c'est qu'il est difficile d'en parler si on ne l'a pas connue. Et ceux qui l'ont vue de près ne sont pas forcément des écrivains. On ne parle pas d'avoir faim parce qu'on n'a pas mangé depuis un moment. On parle de quelqu'un qui de tout temps n'a jamais mangé à sa faim, ou juste assez pour survivre et en être obsédé.

C'est quand même étonnant, cette absence de la faim comme thématique qui pourrait intéresser les artistes toujours en quête de sujets. Très peu de romans, de pièces de théâtre, d'opéras ou de ballets ont la faim comme thème central. Et pourtant il y a aujourd'hui un milliard d'affamés dans le monde. Est-ce un sujet trop dur? On exploite bien la guerre, les épidémies, la mort sous toutes les formes possibles. Est-ce un sujet trop cru? Le sexe s'étale sur tous les écrans de la planète. Alors pourquoi? Parce que cela ne concerne que des gens sans pouvoir d'achat. L'affamé ne lit pas, ne va pas au musée, ne danse pas. Il attend de crever.

La nourriture est la plus terrifiante des drogues. On y revient toujours : pour certains au moins trois fois par jour, pour d'autres une fois de temps en temps. Gary Victor m'a dit qu'il n'a pas connu la grande famine. Moi non plus. Ce qui nous a donné le sentiment qu'on ne sera jamais les auteurs du grand roman haïtien dont le sujet ne peut être que la faim. Roumain l'avait effleuré en faisant de la sécheresse le sujet de *Gouverneurs de la rosée*. La sécheresse, c'est la soif. La terre qui a soif. Je parle de l'homme qui a faim. Bien sûr que la terre nourrit l'homme. J'ai tenté de consoler Victor en évoquant des sujets peut-être aussi intéressants comme l'exil, mais ça ne fait pas le poids face à l'homme qui a faim. Il m'a quitté avec une certaine tristesse dans les yeux.

Mais ce n'est pas seulement un sujet de roman.
On peut rester imperturbable
face à sa propre faim mais que fait-on
quand c'est un enfant qui a faim
et qui vous tend la main comme
c'est arrivé ce matin près du marché ?
On lui donne quelques sous
tout en sachant que le problème
se posera à nouveau dans moins de trois heures.

Cet homme assis à l'ombre
le long du mur de l'hôtel.
Il dépose sur un mouchoir
un gros avocat violet à côté d'un long pain.
Il sort tranquillement son canif.
C'est son premier repas de la journée.
Une pareille jouissance est inconnue
de tous ceux pour qui manger
n'est pas l'ultime but de l'existence.

Cette vieille dame vive et joyeuse
qui tient l'hôtel Ifé à 98 ans

et se bat encore chaque jour
pour garder la tête hors de l'eau
avec ce sourire qui ne la quitte jamais,
c'est la mère d'un ami poète.

Dans ce pays la mère du poète
doit travailler jusqu'à son dernier jour
pour que les roses puissent fleurir
dans les vers de son fils.
Lui préfère aller en prison
plutôt qu'au boulot.

Nous voici coincés dans ce petit restaurant de mon
ancien quartier. Repas simple : riz, avocat, poulet. J'aime
ces restaurants à un seul plat. On arrive, on s'assoit et on
bavarde en attendant qu'on vous apporte la nourriture.
Je mangeais, tête baissée, depuis un moment quand j'ai
aperçu un mendiant qui me regardait derrière la vitre
avec de grands yeux liquides qui ressemblent tant à ceux
de ma mère.

LA VERSION DU NEVEU

C'est mon neveu qui parle, ce soir.
Adossé au mur.
Calme et résolu.
On écoute ce qu'il a à dire.
Il raconte la vie d'aujourd'hui.

Comment voit-il les choses?
Que ressent-il?
On veut savoir.
Il le sait et en rajoute.
J'ai été un jour à sa place.

Debout près de la porte,
ma mère sourit.
Elle a écouté trois générations d'hommes,
si on compte mon père,
présenter chacune
une nouvelle version
des mêmes faits.

Ma grand-mère Da. Ma mère Marie. Ma sœur Ketty.
Ces femmes ne s'occupent pas de l'Histoire mais de la

vie quotidienne qui est un ruban sans fin. Aucune possibilité de regarder en arrière quand chaque jour exige trois repas pour les enfants, le loyer à payer, les chaussures à remplacer, les médicaments à acheter, l'argent pour le foot du vendredi après-midi, le cinéma du samedi soir et la kermesse du dimanche matin. Ce n'est pas parce qu'on crève sous une dictature qu'il faut vivre chichement.

La chose la plus subversive qui soit,
et je passe ma vie à le dire,
c'est de tout faire pour être heureux
à la barbe du dictateur.

Le dictateur exige d'être au centre de notre vie
et ce que j'ai fait de mieux dans la mienne,
c'est de l'avoir sorti de mon existence.
J'avoue que pour ce faire il m'a fallu jeter
parfois le bébé avec l'eau du bain.

Je suis donc parti puis revenu. Les choses n'ont pas bougé d'un iota. En allant voir ma mère ce soir, j'ai traversé le marché. Les lampions allumés me donnaient l'impression de cheminer dans un rêve. Une fillette, dans une petite robe de jersey rose, dormait dans les bras de sa mère en train de compter la recette du jour. Cette tendresse qui permet d'accepter tout le reste m'a déjà épuisé et ne tardera pas à épuiser mon neveu.

Les gens de ce quartier,
ces modestes maisons des deux côtés du ravin,
gagnent un salaire
avec lequel
il est impossible de vivre.
Dans « vivre » il faut entendre :
le simple fait de se nourrir.

Les autres manifestations de la vie
comme aller au cinéma
ou déguster une glace
un dimanche après-midi
sont rendues si loin d'eux
qu'elles ne les concernent plus.
Si on les évoque c'est avec une part de nostalgie.

Quand quelques imbibés de Dior
se mélangent quotidiennement
à une foule compacte trempée de pisse.
C'est la guerre des odeurs.

Je sais que la solution
n'est pas de se jeter à la gorge de l'autre.
C'est du moins ce qu'on dit
dans certains salons.
Mais combien de temps
pourra durer une pareille tension ?

Mon neveu ne l'a pas dit ainsi
mais j'entends dans sa tête

un bruit de fond reconnaissable.
Il ne veut surtout pas inquiéter ma mère
dont le mari et l'unique fils ont déjà dû s'exiler
pour les mêmes raisons.
C'est au tour de la troisième génération
de poser le problème qui n'a pas de solution.

Une feuille tombe de l'arbre
sur le carnet où
je note ces impressions.
Je la garde.
Je n'arrive pas à quitter des yeux
cet oiseau noir
au long bec jaune.

Je ne vois plus les choses comme avant, me dit mon
neveu. Comment les voyais-tu avant ? lui demandé-je
sans chercher à savoir de quelles choses il s'agit. Comme
des choses qui se passent dans ma vie. Et maintenant ?
Comme des choses qui se passent autour de moi. Et
alors ? Je sens une distance de plus en plus grande entre
la réalité et moi. C'est peut-être ton espace pour écrire.

LES MORTS SONT PARMI NOUS

Mon neveu est venu me reconduire à l'hôtel. Nous sommes dans la voiture de son ami Chico. On doit garder nos pieds sous nos jambes car il n'y a pas de plancher. On voit l'asphalte qui défile et les trous d'eau verte. On dirait une décapotable à l'envers. C'est son frère qui lui a laissé cette bagnole en partant pour Miami. Ils sont quatre à l'utiliser. On n'a qu'à mettre de la gazoline pour l'emprunter. Quand elle tombe en panne, ils se cotisent pour l'amener chez le mécanicien. Chico part la semaine prochaine et laissera la voiture à la bande. Ils s'en servent à tour de rôle mais ils sont obligés d'aller à la même discothèque le samedi soir. Et avec les copines, ça fait huit. C'est serré. Les filles tiennent à payer la gazoline du samedi soir.

Je me retourne pour voir
ma mère debout près de la grande barrière rouge.
Elle a dû se réveiller en sursaut et s'habiller
à toute vitesse quand elle a su que je partais.
Ce visage aigu que je connais bien.
Comme si elle percevait un danger permanent.

143

La dernière image de ma mère
au moment où la voiture prend le tournant :
je la vois prendre par la main
son petit voisin et dernier confident.

On me dépose près de la place.
J'ai envie de voir le soir
poser ses fesses sur Pétionville.
Qui n'a pas flâné la nuit
dans une ville ne la connaît pas.

Je m'assois en face de la mairie
pour écouter la tétralogie de Wagner
que le maire fait jouer chaque soir.

Un homme s'installe assez proche de moi.
Il me parle les yeux mi-clos
et les mains entre les jambes.
Sa conversation est entrecoupée
de longs silences complices.
Ce n'est qu'une demi-heure plus tard
qu'il comprend qu'on ne se connaît pas.
Il remet son chapeau avant de s'éclipser
dans la pénombre.

Ma mère m'a dit cet après-midi
sur le ton de quelqu'un
qui se doute qu'on l'écoute
que les morts se promènent parmi nous.
On les reconnaît à cette manière
d'apparaître et de disparaître
sans qu'on sache ce qu'ils étaient venus faire.

CHOSES ET GENS PERDUES

Le temps de l'ouvrier est si bien réglé qu'il devient
insensible à la température du jour. On comprend
pourquoi les ouvriers de la soie en révolte ont d'abord
tiré sur la grande horloge de la cathédrale. Ils ont
reconnu l'ennemi ancestral. Chaque seconde est une
goutte de sang.

Je ne distingue pas bien les choses.
Et ce sommeil qui arrive
entre deux vacarmes
comme un uppercut de boxeur.
Je ne dors pas.
Me voilà mis K.-O.

Réveillé depuis un moment, je me sens comme mou-
liné. Mon corps subissant un processus d'adaptation
hors de ma volonté. Je ne maîtrise plus rien. Toutes ces
choses que j'avais évacuées de mon esprit là-bas pour
éviter d'être ligoté par la nostalgie ont une présence
concrète ici. Elles s'étaient réfugiées dans mon corps où
le froid les avait gelées. Mon corps se réchauffe petit à

petit. Et ma mémoire se dégèle jusqu'à devenir cette petite flaque d'eau dans le lit.

Je n'arrive plus à respirer. Ces souvenirs me parviennent en trois dimensions avec leurs couleurs, leurs odeurs et leurs saveurs. Le froid leur a permis de garder toute leur fraîcheur comme si je voyais ce fruit ou cette bicyclette rouge pour la première fois. La sapotille à la pelure veloutée au toucher. Les chiens aux yeux jaunes errant la nuit. Les petites filles qui sautent à la corde en poussant des cris si aigus qu'on dirait qu'ils proviennent d'un oiseau fou. Le vieux toujours à la fenêtre de la grande maison en bois près du cinéma Paramount. La petite fumée sur la montagne. Des choses aujourd'hui remplacées par d'autres de même densité, de sorte que chaque voyageur peut se faire un stock d'images et d'émotions qu'il voudra retrouver au retour.

Je me souviens aussi de ce tableau
dans le salon de la maison de Petit-Goâve.
C'était une petite île inhabitée
couverte d'arbres fruitiers
où de jeunes félins jouaient entre eux.
C'est là que j'allais passer mes après-midis
quand la vie semblait trop lourde pour mes dix ans.

Chaleur insupportable.
Une cuvette blanche remplie d'eau
dans la pénombre de la chambre.
Trois mangues à côté.

Je les dévore, torse nu.
Et me lave ensuite le visage.
J'avais oublié le goût de la mangue à midi.

Je sors sur la véranda.
Un grand cocotier
planté au beau milieu
d'une maison en construction
que le vent furieux fait danser.
J'observe la scène du balcon de l'hôtel.
Comme correspondant de guerre,
on a vu mieux.

Cette ville se réveille si tôt
qu'à deux heures de l'après-midi
elle est déjà sur les genoux.
À l'ombre d'un large chapeau
les vendeuses de melon
font la sieste.
Le dos contre le mur de l'hôtel.

La voix aiguë à fendre le cœur
des petites marchandes de pacotille
désespérées de vendre leurs colifichets
et les klaxons agressifs des automobilistes
qui vont du bureau au restaurant
n'arrivent pas à couvrir la berceuse
que chante doucement cette mère à sa fillette
endormie entre deux sacs de légumes.

On m'appelle de toute urgence au téléphone. J'enfile vite un pantalon et descends à la réception. C'est un type qui se dit mon ami d'enfance. Tout ce qu'il veut c'est de l'argent pour payer les factures d'hôpital de sa fille. J'hésite à répondre mais il m'apprend qu'il est juste derrière la barrière et qu'il m'appelle d'un cellulaire. Je m'en vais le retrouver quand la réceptionniste me fait signe de n'en rien faire. « Je connais l'oiseau, il fait souvent le coup à mes clients », glisse-t-elle avec un large sourire.

Je suis absent depuis si longtemps qu'il m'est difficile de me souvenir de tous ces visages qui défilent à toute vitesse devant moi en exigeant d'être reconnus. « Tu ne me reconnais pas ? » La honte. « C'est ton cousin qui nous avait présentés, la veille de ton départ. » On s'était donc vus une seule fois, et cela, il y a trente-cinq ans. Je suis seul au milieu de huit millions de gens coincés sur une moitié d'île avec des traits de parenté et de caractère communs qui veulent tous que je les reconnaisse. Chacun arrive avec une anecdote où je suis impliqué. On aurait été une fois au cinéma ensemble, il y a quarante ans. J'étais le meilleur ami du grand frère de celui-ci. Je dois sûrement connaître le cousin de celui-là qui vit à Montréal. J'ai le tournis. Il m'arrive de mettre une voix sur un visage qui ne lui appartient pas. Il m'a fallu un temps pour comprendre que dans cette éventuelle reconnaissance de ma part ils cherchent surtout la confirmation qu'ils ne sont pas morts.

Je feuilletais depuis un moment
le journal sur le divan
quand je remarquai son ombre
faisant les cent pas derrière la barrière.
Je n'ose plus sortir.

PAR LA FENÊTRE DU ROMAN

La propriétaire de l'hôtel me fait remarquer que toute information parue dans le numéro du jour date d'au moins une semaine. Pour les nouvelles quotidiennes, il faut plutôt se fier à la radio. Ce retard, dans un domaine où la rapidité à livrer une information est devenue plus importante que l'information elle-même, sert de tampon entre l'événement et soi. On est ainsi protégé des mauvaises nouvelles qui arrivent avec quelques jours de retard. Quand elles finissent par nous atteindre, l'onde de choc a déjà été relativement absorbée par une foule compacte en sueur. Ce petit paquet de jours entre l'événement et soi suffit à notre équilibre.

La nouvelle de la semaine concerne à la fois les beaux quartiers et Cité Soleil. C'est rare. Un jeune homme « de bonne famille » kidnappé il y a quelques mois est devenu l'un des implacables chefs de gangs du pays. L'avocat de la famille a déclaré à la radio que « c'était pour ne plus se faire kidnapper à l'avenir qu'il était devenu un kidnappeur ». On rit encore dans les cités populaires de ce que l'éditorialiste appelle « le syndrome de Stockholm ». La réplique ne s'est pas fait attendre, elle s'étale en graffitis sur les murs de Cité Soleil. Si un gosse de riche qui se fait kidnapper par un gang devient, après deux semaines, chef de gang à cause du syndrome de Stockholm, alors pourquoi un criminel qui passe des années en prison ne devient-il pas policier à sa sortie ?

On apprend du même coup que la plupart des kidnappings concernent des gens qui se connaissent bien, ou qui sont parfois de la même famille. Là où les haines sont recuites. Là où l'on connaît le solde exact des comptes en banque des victimes. Remarquez que les demandes de rançon se font de plus en plus précises et qu'on négocie de moins en moins. Le kidnapping est devenu un commerce si lucratif, les riches n'allaient pas rester longtemps en dehors du coup. À la différence des photos des autres voyous qui l'accompagnent, on a pris la peine de brouiller celle du jeune bourgeois.

Depuis que le gouvernement ne peut plus jeter en prison comme bon lui semble les journalistes impertinents ce sont les bourgeois qui ont pris le relais en les achetant souvent à bas prix. On achète le journaliste corrompu avec de l'argent. On achète le journaliste pauvre mais honnête avec de la considération. On achète le journaliste pervers en lui permettant de respirer le subtil parfum d'une très jeune fille penchée vers lui à une réception mondaine.

Je viens d'apercevoir la petite vendeuse
qui me réveille chaque matin.

Sa voix aiguë surpasse celle de toutes les autres.
Je l'entends encore le soir en rentrant.

Le vendeur de journaux qui se tient devant l'hôtel tente
de me faire payer l'exemplaire au prix d'un abonnement
mensuel. Je lui montre pourtant ma photo dans le
numéro du jour. Sans ciller, il me refait le même prix
exorbitant. Je lui arrache alors le journal des mains tout
en lui donnant quinze gourdes. C'est le prix que paient
les gens qui vivent en gourdes, jette-t-il. Comment
savez-vous que je ne suis pas d'ici ? Vous êtes à l'hôtel.
C'est mon affaire. Pour moi vous êtes un étranger
comme n'importe quel autre étranger. Combien faites-
vous payer ceux qui passent dans les grosses bagnoles
luxueuses ? Il s'en va en grognant. Une chance que les
vendeurs de journaux ne lisent que les grands titres
autrement on serait pris avec un cinquième pouvoir.

Ce banal incident
me fait boiter
comme si j'avais
un caillou dans le cœur.

Être étranger même dans sa ville natale.
Nous ne sommes pas nombreux
à bénéficier d'un tel statut.
Mais cette petite cohorte
grossit de plus en plus.
Avec le temps nous serons la majorité.

En grimpant la petite côte
qui mène vers la place Saint-Pierre,
je pense tout à coup à Montréal
comme il m'arrive de penser
à Port-au-Prince quand je suis à Montréal.
On pense à ce qui nous manque.

Je suis entré par hasard dans la nouvelle librairie La
Pléiade. J'ai connu, à la fin des années 60, celle du vieux
Lafontant. Toujours assis près de la porte d'entrée.
C'était un homme affable malgré des sourcils touffus
qui lui faisaient un air bourru. Il ne parlait pas beaucoup. On allait directement au fond chercher les livres
qui nous intéressaient — jamais plus d'un à la fois. On
les choisissait dans la fameuse collection Maspero mise
à l'index par un pouvoir paranoïaque. Le vieux Lafontant prenait quotidiennement des risques pour offrir
autre chose que ces romans policiers et ces magazines
insignifiants étalés sur une table à l'entrée. On calculait
le prix et, en passant près de la caisse, on déposait le
montant exact sur le comptoir. Sans regarder derrière
soi, on continuait son chemin jusqu'à la sortie. Toute
l'opération devait se dérouler dans une fluidité absolue.
On s'entraînait à la maison.

On se retrouvait après,
mes camarades et moi,
dans notre petit restaurant
en face de la place Saint-Alexandre,
chacun avec le livre qu'il venait d'acheter.

On mettait tous les livres sur la table.
Puis on tirait au sort pour savoir qui lirait quoi.

Nos vingt ans étaient si sérieux
qu'une fille a dû presque me violer
pour que je comprenne
ce qui se passait autour de moi.
Celles qui écoutaient les Rolling Stones à la radio
étaient déjà passées à la révolution sexuelle
quand on lisait encore *Chine nouvelle*.

On cherchait désespérément
dans les discours de notre idole Zhou Enlai,
ce stratège sévère et élégant du parti,
un parfum de femme
le soupçon d'une jambe
ou une nuque duveteuse
qui nous auraient fait faire
des rêves érotiques.

J'ouvrais alors les yeux autour de moi pour découvrir
que nous étions un tout petit groupe à faire la révolution dans notre tête, nous contentant de commenter les
essais politiques achetés chez le père Lafontant. Les
autres vivaient dans l'insouciance et ne s'en portaient
pas plus mal. J'étais mûr pour de premières vacances
intellectuelles.

Me voilà vivement attiré par tous ces types que je mépri-
sais tant auparavant. Ceux qui ne pensaient qu'à s'ha-

biller, se parfumer, ou qui savaient danser les slows des Platters. Ceux qui n'avaient jamais ouvert un bouquin. Ceux surtout qui ne s'intéressaient pas aux cœurs de ces princesses inaccessibles qui peuplaient nos rêves mais plutôt à leurs corps minces et souples dans des robes de samedi soir. Ceux dans les bras desquels défaillaient celles qui ne nous remarquaient jamais. Ceux dont le visage ensanglanté en première page du journal (ils finissent toujours dans un fatal accident de voiture de sport) était plus commenté au Lycée des jeunes filles que le nouveau recueil de poèmes de Davertige.

Le vieux Lafontant a légué la librairie à ses deux filles (Monique et Solange) qui l'ont scindée en deux. Une librairie à Port-au-Prince, un peu plus grande que celle de Pétionville. Je converse un moment avec Monique qui dirige la librairie de Pétionville. Elle me montre une jeune fille en train de feuilleter un de mes romans. Je reste fasciné par sa nuque (la nuque dévoile beaucoup d'une lectrice). Je vais dans la cour, sous l'arbre, pour éviter de la gêner si jamais elle se retournait et me reconnaissait. Je n'aurais jamais pensé me retrouver un jour à La Pléiade dans la position de l'écrivain.

En marchant ainsi dans cet univers (la ville, les gens, les choses) que j'ai tant décrit, je n'ai plus l'impression d'être un écrivain, mais un arbre dans sa forêt. Je prends conscience que je n'ai pas écrit ces livres simplement pour décrire un paysage, mais pour en faire encore partie. C'est pourquoi la remarque du vendeur de journaux m'a atteint si fortement. À Port-au-Prince au début des années 70, j'étais journaliste car il fallait dénoncer la dictature. Je faisais partie de la petite bande qui montrait les dents au pouvoir. Je ne me posais aucune question par rapport à moi-même jusqu'à cette crise sexuelle à la toute fin. C'est en vivant à Montréal que j'ai pris conscience de mon individualité. À moins trente degrés, on a tout de suite une conscience physique de soi. Le froid fait baisser la température de l'esprit. Dans la chaleur de Port-au-Prince l'imagination s'enflamme si aisément. Le dictateur m'avait jeté à la porte de mon pays. Pour y retourner, je suis passé par la fenêtre du roman.

LA JEEP ROUGE

La foule me pousse vers la rue.
Les voitures me frôlent.
Je ruisselle déjà.
Soudain, une jeep rouge s'arrête près de moi.
La portière s'ouvre.
Je monte.
Et la seconde d'après, je ne suis plus un gibier.
L'ami fonce dans la foule.

Il a vu ma photo dans le journal de ce matin.
Il a téléphoné au *Nouvelliste* et à des amis
pour savoir à quel hôtel j'étais descendu.
Personne ne pouvait le renseigner.
Et là, comme par hasard, me voilà dans sa voiture.
Il appelle tout de suite sa femme.
Tu manges avec nous?
Je fais signe que oui.

Dans la jeep rouge aux roues neuves.
Musique forte.
On cause par-dessus.

Sur le flanc de la montagne
un petit avion jaune frôle les arbres.
L'aviateur passe la tête par la fenêtre pour saluer
le jeune garçon qui enlève sa chemise en dansant.
Mon enfance me frappe de plein fouet.

Je retrouve l'insouciance de mon ami.
Ici, me dit-il, il faut vivre intensément
car on peut mourir à tout moment.
Ce sont ceux qui nagent dans l'opulence
qui parlent le plus aisément de la mort.
Les autres ne font qu'attendre cette mort
qui ne tarde pas d'ailleurs.

Elles descendent à la file.
Le long des falaises.
Des montagnes de fruits sur la tête.
Dos droit.
Nuque en sueur.
Élégance sous l'effort.

Un camion tombe en panne
sur l'étroite route de Kenscoff.
On fait descendre les femmes.
Les marchandises sont déjà par terre.
Les hommes doivent pousser le camion
sur le bord de la route.
Un chant grave monte.
Des voix d'hommes en train de travailler.

Plus on grimpe moins on voit de gens.
Cette petite maison colorée
sur le flanc de la montagne
cachée par le brouillard matinal.
Juste m'y installer pour écrire
ce long roman historique en cinq volumes.
Me prenant pour le vieux Tolstoï.

La terre rouge produit de si beaux oignons.
Les marchandes hissent leurs paniers à notre hauteur.
Mon ami baisse la vitre pour acheter
des carottes et des oignons.
L'odeur de cette terre grasse m'étourdit.

Voix de paysans
longeant la rivière.
Pieds nus dans l'eau.
Chapeaux de paille.
Chacun un coq de combat sous le bras.
Et une bouteille d'alcool
dans la poche arrière.
Ils se rendent en file indienne
à la joute dominicale.

Un chien cherche le soleil
et finit par s'allonger près du mur.
Le museau mouillé.
Les yeux mi-clos.
L'heure de la sieste arrive tôt.

Ici tout pousse.
Même ce qu'on n'a pas planté.
La terre est bonne.
Le vent sème les grains.

Pourquoi les gens se rassemblent-ils
là où ça pue la gazoline et la merde?
Là où il fait toujours trop chaud?
Là où c'est vraiment sale?
Tout en admirant la beauté
certains préfèrent vivre dans la laideur
souvent plus riche en contrastes.

Je n'arrive pas à respirer
quand l'air est trop pur.
Le paysage trop vert.
La vie trop facile.
L'instinct urbain bien aiguisé chez moi.

De l'autre côté de la falaise,
un cheval se tourne lentement vers moi
et me jette un long regard.
Si même les animaux se mettent à me reconnaître.

C'est peut-être cela un pays:
tu crois connaître tout le monde
et tout le monde semble te connaître.

La jeep tourne subitement à gauche.
On prend, durant une dizaine de minutes,

une étroite route en terre battue
pour déboucher sur une ferme au toit vert
au milieu d'un vaste domaine.

La femme de mon ami, une grande rousse,
nous attendait à la porte.
J'ai eu l'impression, devant ce drapeau irlandais
planté au milieu d'un champ de vaches,
d'être dans un autre pays.

Quelque temps après mon départ d'Haïti,
il est allé en Irlande
où il a vécu une vingtaine d'années.
Et il a ramené l'Irlande
dans ce hameau vert niché
sur les hauteurs de Pétionville.

Quand j'étais en Irlande, me dit-il, je vivais à l'haïtienne.
Maintenant que je suis en Haïti, je me sens totalement
irlandais. Saura-t-on un jour qui on est vraiment? C'est
le genre de question qui nous donne l'impression d'être
intelligent même sous un éclatant soleil. Pareille vanité
ne résiste pas au second rhum-punch.

Comme une volée d'oiseaux fous
nous sommes partis presque en même temps.
Nous éparpillant partout sur la planète.
Et là, maintenant, trente ans plus tard,
ma génération amorce le retour.

Nous discutons sous ce manguier, avec tant de passion, de ces années passées là-bas : une vie. Sa femme écoute avec un sourire fané en sirotant son café. Elle vient d'arriver. Sa seule exigence, c'est qu'on parle en créole en sa présence. Cette langue me touche là, fait-elle en pointant son ventre rond.

En me reconduisant à la voiture, pendant que son mari est allé passer des ordres au personnel, elle me parle sur un ton ferme. Je ferai en sorte que la langue maternelle de mon enfant soit le créole. Si la langue maternelle, c'est la langue de la mère, ce sera l'anglais. Non, c'est plutôt la langue qu'une mère choisit d'enseigner à son enfant, et je veux l'élever en créole.

Je lui raconte une histoire. J'avais peut-être huit ans quand j'ai rencontré à Petit-Goâve cette femme dont j'ignorais le pays d'origine. Sauf qu'elle était blanche et qu'elle allait partout pieds nus dans la poussière d'Haïti. C'était la femme de l'ébéniste. Ils avaient un fils de mon âge qui n'était ni blanc ni noir. Je ne suis jamais arrivé à comprendre comment on parvient à vivre dans une autre culture que la sienne. Malgré ces trente-trois ans passés à Montréal le mystère reste pour moi complet. Comme s'il s'agissait de quelqu'un d'autre.

Dans cette petite chambre de Montréal,
j'ai pu lire, boire du vin, faire l'amour
et écrire sans craindre le pire chaque matin.
Mais que faut-il comprendre de cette femme

venant d'un pays libre qui a choisi
de vivre sous une dictature ?

Elle me raconte cette histoire :
une de ses amies qui avait passé sa vie au Togo
et à qui elle a demandé conseil avant de quitter Belfast
lui a fait comprendre qu'on n'est pas forcément
du pays où l'on est né.
Il y a des graines que le vent aime semer ailleurs.

Mon ami arrive. Embrasse sa femme au cou, qui se tor-
tille en gémissant sous le soleil. Rien de plus sensuel
qu'une femme enceinte. On monte dans la jeep rouge
qui fait le tour du drapeau irlandais pour revenir vers
elle. Elle s'approche de la portière. Ils se sourient des
yeux. Elle lui touche l'avant-bras. Il démarre. Elle reste
un moment debout sous le soleil avant de rentrer dans
la maison. Si jamais l'envie prend à son mari de retourner en Irlande, elle ne le suivra pas.

UN PETIT CIMETIÈRE PEINT COMME UN TABLEAU NAÏF PRÈS DE SOISSONS-LA-MONTAGNE

Nous voici déjà à l'arrêt, à Fermathe,
où l'on vend de la viande de porc grillée
et des patates douces frites.
Un camion rempli de gens en train de manger.
Cette fébrilité dans l'air
juste avant la longue descente
vers le Sud profond.

Cela prend autant de temps
pour aller dans un autre pays
que pour se rendre d'une ville
à une autre à l'intérieur de ce pays
aux routes cahoteuses
et aux falaises vertigineuses.

On traverse une haie de marchandes hurlantes
qui vous mettent des paniers de fruits sous le nez.
Quelques rires fusent dans ce tohu-bohu.
Une remarque impertinente d'un homme.
Gaieté soudaine des femmes.

Le chauffeur a ralenti
et tous les hommes se penchent vers
la rivière chantante tout en bas
où des femmes aux seins nus
lavent les draps blancs
des riches dames de Pétionville.
Parfum colonial.

Où va donc cette fillette fulminant de rage
à travers un champ de fleurs jaunes
qui se couchent sur son passage ?
La capacité d'une petite fille de cet âge
d'entrer dans une pareille colère est peut-être
le signe palpable que ce pays a encore
quelque chose dans le ventre.

Cette femme, sous un manguier,
nous invite à prendre un café.
La rivière n'est pas loin.
L'air est si doux
qu'il effleure à peine ma peau.
La musique du vent dans les feuilles.
La vie n'a aucun poids.

Un petit chat
cherchant sa mère
trouve une chienne
qui le laisse faire.
Les voilà endormis
dans les fleurs.

On reprend la route pour se retrouver derrière
une longue colonne de voitures
avec des hommes cravatés
tout en sueur
et des femmes en noir.

Le cortège s'arrête
à ce modeste cimetière décoré
par les paysans des environs.
D'où vient cette idée
de peindre la mort avec des couleurs
si éclatantes et des motifs si naïfs
qu'ils font rire les enfants?
Pour le peintre primitif la mort
semble simple comme bonjour.

Une visite chez le peintre Tiga
qui ne vit pas loin de ce petit cimetière
qui a tant impressionné Malraux.
Maigre comme un clou.
Tête d'insecte.
Frémissant d'intelligence.
Il s'assoit, se lève, va à la fenêtre et revient
avec une idée si naturelle
qu'on la croit simple.
Et ce qui est rare chez un esprit aussi inventif:
les autres semblent compter pour lui.

Les peintres paysans se sont regroupés
sous le nom de Saint-Soleil.

La vie quotidienne dans ce village où l'on passe
la majeure partie de son temps à rêver et à peindre
tourne autour de l'astre solitaire
qui intimide tant Zaka, le dieu paysan.

Ma vie va en zigzag depuis ce coup de fil nocturne
m'annonçant la mort d'un homme
dont l'absence m'a modelé.
Je me laisse aller sachant
que ces détours ne sont pas vains.
Quand on ne connaît pas le lieu où l'on va
tous les chemins sont bons.

La jeep s'est arrêtée
près du marché de Pétionville,
à l'endroit même
où on s'était rencontrés ce matin.
On s'est embrassés longuement,
sans se dire adieu,
tout en sentant qu'on ne se reverrait pas
de sitôt.

LA NUIT TROPICALE

J'ai l'impression de connaître cet homme assis sur un banc de la petite place Saint-Pierre, près de l'hôtel. Il semble si absorbé par sa lecture. Les cheveux grisonnants, mais la même façon de se caresser la joue du bout des doigts. C'est bien la seule personne que j'aie vue lire de la poésie dans un cours d'algèbre. Il lisait avidement *Alcools* dont une seule strophe m'a tout de suite enivré. Je suis allé chez lui et on ne s'est pas quittés jusqu'à ce que j'aie pu lire tous les livres de poésie de la bibliothèque de son père. C'était une famille qui ne lisait que de la poésie. Sans jamais vouloir en faire, comme disait son père avec fierté. Je l'ai touché à l'épaule. Il a levé la tête et sans même un sourire m'a fait une place à côté de lui. Il lisait encore Apollinaire.

Son père est mort en prison. Ils ont saccagé sa bibliothèque, soi-disant qu'elle dissimulait des livres communistes. Cet homme qui détestait les communistes parce qu'il les soupçonnait de ne pas aimer la poésie a reçu un coup à la tête et est mort d'une hémorragie cérébrale quelques jours plus tard à l'hôpital militaire. Mon ami ne se trouvait pas à la maison quand les sbires du régime sont passés. Et *Alcools* est le seul livre qui n'a pas été détruit ce jour-là puisqu'il l'avait, comme toujours, avec lui — il ne s'est jamais dégrisé d'Apollinaire. Il n'a pas voulu quitter le pays malgré les pressions de son oncle qui vit à Madrid et ne lit que García Lorca.

Il travaille comme correcteur au *Nouvelliste* pour les pages littéraires. Juste assez pour survivre. Il aurait pu devenir critique littéraire, mais il refuse tout contact avec les autres et ne lit qu'un seul poète (« humble comme je suis qui ne suis rien qui vaille »). Il vit encore dans la petite chambre qu'il occupait quand je l'ai connu. Il a fermé les autres pièces le jour même où un ami qui travaille au palais lui a annoncé la mort de son père. Depuis il a ajouté l'alcool à la poésie. Il travaille le jour au journal et passe ses après-midis à lire sur ce banc en attendant la nuit.

La nuit arrive si brutalement sous les tropiques.
Une nuit d'encre.
Surpris de ne rien voir devant moi
je marche derrière celui qui dit
si lentement Apollinaire.
L'odeur des ilangs-ilangs
profite de la pénombre
pour se répandre
sur cette banlieue pauvre.

On se glisse silencieusement entre
deux rangées de lampions.

Les voix mélodieuses
des marchandes dont les silhouettes
se dessinent sur les murs.
Mon enfance fut bercée par ces contes chantés
qu'on écoutait les soirs d'été.

La démarche indolente
d'une vache
pendant sa promenade du soir.
La nuit devient
chagallienne.

Ces jeunes filles graciles des quartiers populaires
aux sandales légères glissent comme des geishas
sur l'asphalte encore chaud
vers le petit cinéma près du marché.
Elles sont rejointes par leurs amoureux.
De jeunes voyous tatoués qu'elles ne cessent
d'embrasser tout le long du chemin.

Avant mon départ, ça n'existait pas, des filles du peuple
qui embrassaient en public. On ne passait que des films
que le gouvernement prenait la peine de visionner
avant. Le pouvoir avait mis en place une brigade des
mœurs qui quadrillait les parcs à la recherche d'amants
irréguliers. On les mariait sur place. Les inspecteurs exi-
geaient, quand ça valait la peine, le droit de cuissage. Le
gouvernement estimait que plus les gens étaient ver-
tueux, moins ils pensaient à se révolter.

Des voix bruyantes.
Près de cette discothèque.
Dans une rue discrète.
Trois camionnettes bourrées
de paysans endimanchés
venus fêter les mariés en ville.

La nuque fragile
des jeunes femmes
contraste avec
leurs mains calleuses.
C'est toujours la main
qui révèle nos origines sociales.

Le rire de ces beautés d'un soir
dans la nuit parfumée
permettra à ce jeune tigre en chasse
de les repérer aisément.
Et d'en choisir une
qu'il ramènera à sa tanière
pour la dévorer en toute quiétude.

Une femme à moitié nue
en train de faire sa toilette du soir
au fond d'un long corridor.
Les feux d'une voiture
balaient des seins luisants.
Pour les protéger du regard des prédateurs
elle ramène vite ses mains sur eux,
ce qui dégage un sexe bombé.

Son père passait ses soirées à la maison. Il est mort, croit-il, sans avoir connu la nuit. On remonte en silence vers la place. Je peux l'observer maintenant que je vois beaucoup mieux. Il frôle les gens, hume les odeurs, savoure cet instant comme je n'ai jamais vu personne le faire. Quand je lui demande, inquiet qu'une connaissance aussi précieuse de la nuit puisse disparaître un jour avec lui, pourquoi il ne raconte pas ses aventures nocturnes dans un recueil de poésie ou un journal personnel, il me fait comprendre d'un geste las de la main qu'il ne tient pas à partager de telles émotions.

Une meute de chiens prêts à se battre pour un os qu'un passant vient de leur lancer. Ils se rangent en deux groupes. L'os au milieu. Brusquement chacun saute à la gorge de l'autre sans plus se soucier de l'os. Je me retourne pour commenter ce comportement qui ne me semble pas différent de celui des humains mais il n'est plus là. Disparu dans la nuit subitement redevenue opaque. Je rentre me coucher.

Une nuée de petites motos jaune et noir
comme des abeilles en quête de pollen
tournent autour de la place Saint-Pierre.
C'est donc la fin de l'époque des crocodiles
à lunettes noires de Papa Doc.
De nouveaux barbares sont en ville.

UNE GÉNÉRATION D'ÉCLOPÉS

Du balcon de l'hôtel, je vois la place,
le marché, la librairie
et au loin la route poussiéreuse qui descend
vers la maison de ma mère.
À part mon escapade avec cet ami vers sa ferme
je n'ai pas quitté ce périmètre de sécurité.

Qu'est-ce qui m'effraie donc? Ce ne sont pas les tontons
macoutes qui se sont fondus dans la population depuis
le départ de Baby Doc, avec cette peur d'être découverts
par un ancien torturé. Ni les jeunes motards qui s'abat-
tent comme des sauterelles sur ce quartier des hôtels et
des galeries d'art que fréquentent les rares étrangers qui
prennent le risque de visiter ce pays. Si je ne m'éloigne
pas trop du cercle doré, c'est pour ne pas me sentir
étranger dans ma propre ville. Je repousse chaque fois le
moment de cette confrontation.

Durant mon adolescence Pétionville était la banlieue riche qu'on visitait le dimanche après-midi. Sur la
place Saint-Pierre on espérait voir les jeunes filles de la

bourgeoisie se promener. Les choses ont beaucoup changé depuis. Les riches se sont réfugiés sur le flanc de la montagne. Pour savoir comment va vraiment la vie, je dois descendre à Port-au-Prince où gigote comme des esturgeons hors de l'eau le quart de la population d'Haïti. C'est vers cette ville que convergent depuis quatre décennies tous les paysans sans terre, les chômeurs et les affamés de ce pays.

Je pense à ma mère qui, elle,
n'a jamais quitté son quartier.
Je pense à ces six millions d'Haïtiens
qui vivent sans espoir de partir un jour,
ne serait-ce que pour aller respirer
un bol d'air frais en hiver.
Je pense aussi à ceux qui pourraient le faire
et qui ne l'ont pas fait.
Et je me sens mal à regarder ma ville
du balcon d'un hôtel.

Je rencontre près de la place Sainte-Anne un vieux copain que je n'avais pas vu depuis l'adolescence. Il habitait déjà ce quartier populaire où il vit encore. Ce qui m'étonne le plus depuis mon retour c'est le fait que presque personne n'ait bougé de son quartier. Les gens se sont appauvris mais continuent à résister au vent qui veut les emporter vers des régions plus misérables.

Je me souviens d'une coquette place avec des massifs de fleurs entourant une grande statue équestre de Toussaint Louverture. Juste en face du vieux lycée du même nom. Les arbustes sont aujourd'hui noirs de boue. Les visages des gens gris et poussiéreux. Des maisons aux portes crasseuses. Je ne comprends pas qu'on se soit habitué à une telle calamité.

Je m'étais promis de ne pas regarder la ville
avec les yeux du passé.
Les images d'hier cherchent sans cesse
à se superposer à celles d'aujourd'hui.
Je navigue dans deux temps.

On suivait parfois le train pour chaparder
des bouts de canne à sucre qu'on allait déguster
à l'ombre du King Salomon Star.
Ce minable hôtel se changeait en bordel la nuit
alors qu'il servait le jour de quartier général
à toute une faune venue de province
brasser des affaires louches dans la capitale.
Les vrais voyageurs de commerce se tenaient
dans un modeste hôtel près de Martissant.

On se couchait sur les rails pour se relever au moment du passage du train. On pariait sur celui qui se retirerait en dernier. Mon ami gagnait chaque fois. Un jour, je lui ai demandé son secret. Je ferme les yeux, m'a-t-il dit, et je m'imagine en train de faire l'amour avec Juliette. C'est vrai que Juliette nous rendait tous fous à l'époque. Je le comprenais de vouloir rester avec elle. Je ne me serais pas relevé à temps. Je le retrouve cloué dans un fauteuil roulant. Il n'arrive plus à bouger ses jambes. J'ai tout de suite pensé que le désir avait eu raison de sa peur. Car il m'avait raconté qu'il était retourné, après le départ de ses amis, jouer seul à cette roulette russe. Est-il possible de jouer seul à un pareil jeu ? Qui gagne alors ? C'était sa façon d'avoir un orgasme. Plus le train s'approchait, plus les traits de Juliette se précisaient.

On vivait dans une ambiance électrique. On courait un danger à mettre le nez dehors, tandis que les crocodiles aux lunettes noires paradaient dans des voitures luxueuses avec de jeunes prostituées dominicaines qui fumaient de longues cigarettes mentholées. Souvent une mitraillette faisait semblant de dormir sur le siège arrière. Ils passaient des nuits entières à jouer au casino. Il fallait éviter de se trouver sur leur chemin quand ils rentraient se coucher à l'aube, car ils n'hésitaient pas à faire feu sur quiconque se trouvait sur leur chemin — juste pour jouer à un autre jeu. Leur fonction première était la sécurité du chef. Ils inventaient alors des complots politiques pour pouvoir passer au peigne fin un quartier récalcitrant.

Mon ami a reçu une balle dans la hanche au casino
d'un officier jaloux du fait que sa femme
ne pouvait pas détacher ses yeux de lui.
L'affaire a fait la manchette des journaux.
Le président lui a proposé de l'argent.
Son père a refusé.
L'opposition a voulu faire de lui un héros.
Il a refusé.

Je le vois concentrer toute l'énergie
dont il dispose sur chaque chose
qui allume son désir.
Il s'est embrasé
quand cette fille en jupe courte
l'a frôlé sans se douter
de l'effet d'une pareille provocation
sur un homme cloué dans un fauteuil roulant.
Ses jambes ne bougent plus
mais l'organe concerné
semble encore fonctionner.

J'hésite à faire l'appel
pour savoir dans quel état
se trouve ma génération.

Certains travaillent pour le gouvernement, d'autres sont
en prison. Certains végètent, d'autres nagent dans
l'opulence. Certains jouent encore aux séducteurs,
d'autres ont vieilli prématurément. Mais ceux qui n'ont
jamais pu quitter le pays et qui ont toujours voulu partir ont l'impression, en me croisant de nouveau sur leur
chemin, que c'est à une nouvelle génération de rêver au
voyage.

ÉLOGE DE LA DIARRHÉE

Passé à la pharmacie pour trouver placardé sur la porte
vitrée un morceau de carton où il est écrit « Fermée
pour cause de décès ». La diarrhée m'a tenu toute la nuit
en alerte. Je n'arrêtais pas de chier, encore étonné qu'un
ventre puisse contenir autant. La veille, j'avais pris un jus
de fruit dans une goguette sur mon chemin, juste pour
me prouver que j'étais toujours l'enfant du pays. Le
nationalisme peut abuser mon esprit, mais pas mes
intestins.

Le jeune pharmacien aux mains glacées
m'a recommandé du Buscopan
et de l'amoxicilline à prendre trois fois par jour.
J'achète, à côté, une bouteille d'eau
afin de commencer tout de suite la médication.

Je cours aux toilettes de l'hôtel, me mets à mon aise car
ça risque d'être long. J'inspecte la pièce pour découvrir
sur le rebord de la fenêtre un vieux numéro d'*Historia*
qui m'apprend tout sur l'ascension d'Himmler dans le
IIIᵉ Reich et les rivalités de cour, vers la fin, quand ils

étaient faits comme des rats dans le bunker. On a su que la guerre était finie quand les officiers nazis ont commencé à s'habiller sans se doucher. Ça m'a rappelé mon adolescence, du temps que ces histoires me passionnaient, ce qui désespérait ma mère qui avait une peur bleue de tout ce qui touchait de loin ou de près à la politique. Étrangement elle a arrêté de trembler pour moi dès que j'ai publié mon premier article dans le *Nouvelliste*. C'était un long commentaire littéraire à propos de *Ficus*, un roman qui venait de paraître. Dans n'importe quel pays il n'y aurait pas grand danger à faire de la critique littéraire, à part celui de se faire gifler par un poète mondain offusqué par un commentaire désobligeant sur son dernier recueil. Pas en Haïti. Mon article a provoqué deux réactions décisives pour ma carrière. Celle du professeur Ghislain Gouraige, l'auteur d'une monumentale *Histoire de la littérature haïtienne (de l'indépendance à nos jours)* qu'on étudiait encore à l'école, qui m'a félicité pour la fraîcheur de ma perception tout en me signalant une dizaine d'erreurs factuelles, suivie dans la même journée d'une convocation aux casernes du major Valmé. C'était, selon les critères établis, la consécration.

Ma mère, tremblante mais décidée, m'a accompagné au bureau du redoutable major Valmé. J'étais très calme. Le major a fait servir du café à ma mère sans lui permettre toutefois, d'assister à l'interrogatoire qui allait être « une amicale conversation entre deux vrais amateurs de la chose littéraire ». Ma mère a insisté, mais le major a demandé à un sous-officier de s'occuper d'elle. Toutes ces amabilités, au lieu de la rassurer, l'angoissaient encore plus. L'entrevue s'est pourtant bien déroulée et n'a pas trop débordé du cadre littéraire. À propos du roman de Rassoul Labuchin son avis différait du mien. Pour lui, le véritable projet de Labuchin n'était pas littéraire mais politique. Savais-je que l'auteur avait déjà séjourné à Moscou? qu'il était le confident de l'écrivain communiste Jacques Stephen Alexis? Pour moi *Compère général soleil* de Jacques Stephen Alexis est un des plus beaux romans de la littérature haïtienne. Spontanément il me répond que sa préférence va au *Romancero aux étoiles*. Son écrivain préféré, c'est Mauriac. La description qu'il fait de la bourgeoisie de Bordeaux lui rappelle certains moments de son adolescence en province. Il m'a finalement félicité pour ce « style clair et lisible si peu dans la manière haïtienne ». J'ai été impressionné par l'élégance et la culture de cet homme, sans jamais perdre de vue qu'il dirigeait la chambre des tortures de Papa Doc. Parfois on entendait des cris venant des autres pièces. Pourtant cette certitude que la littérature me sauverait de tous les dangers ne m'a jamais quitté, ni ce jour-là ni plus tard. Au retour, ma mère, trop survoltée pour chercher à savoir ce qui s'était dit dans le bureau, m'a emmené manger un sandwich avec un coca-cola et m'a même offert de m'acheter des cigarettes. J'ai tenu la chronique littéraire dans l'hebdomadaire culturel et politique *Le Petit Samedi soir* jusqu'à l'assassinat par les tontons macoutes de mon collègue Gasner Raymond, le 1er juin 1976, sur la plage de Léogâne. J'ai pris l'exil tout de suite après pour Montréal.

Apprenant mes mésaventures intestinales
la propriétaire me conseille une sévère diète.
Il me faut garder la chambre encore un moment.
Ne serait-ce que pour rester près de la salle de bains.

Marre de tourner en rond dans la chambre,
je descends au bar de l'hôtel.
Une petite télé juchée sur une étagère
retransmet les funérailles de ces jeunes musiciens
morts la nuit dernière dans un accident de voiture.

Les gens ne sont plus habitués
à la mort naturelle
si l'on veut bien considérer
une spectaculaire collision
comme une mort naturelle et non politique.

J'ai lu dans le journal
qu'ils étaient cinq dans l'auto
mais on se souviendra de celui dont
la fiancée s'est tuée en apprenant la nouvelle.
Pour durer dans la mémoire populaire
il faut que les événements s'entrechoquent.
L'amour à cheval sur la mort.

C'est vrai que je ne tiens compte que des images
apocalyptiques qui traversent mon champ de vision.
Je n'écoute pas la rumeur et l'idéologie m'indiffère.
Cette diarrhée étant ma seule implication
dans la réalité haïtienne.

De temps en temps la vieille servante, moins âgée que la propriétaire mais plus usée, m'apporte un liquide très amer à boire. On dirait que plus elles sont vieilles plus leur remède doit être imbuvable. La propriétaire me souffle de le jeter dans le lavabo et de continuer à prendre mes médicaments. Elle me conseille encore de prendre un peu de repos — le pays ne disparaîtra pas en une semaine. Comment lui dire que la question du temps m'est devenue obsessionnelle ? Nous ne vivons pas dans le même temps bien que nous soyons tous les deux dans la même pièce. Le passé, qui définit notre façon d'appréhender le présent, n'a pas la même densité pour tout le monde.

Je tourne en rond dans la chambre.
Mon périmètre de sécurité
se rétrécit de plus en plus.
J'écrirai un livre sur la vie
autour de l'hôtel.

Un homme près de l'entrée de l'hôtel
me regarde un long moment
sans parvenir à me replacer.
À moi aussi, il me dit quelque chose.
Il nous faut cinq bonnes minutes pour faire
remonter à la surface certaines images floues du passé.
Dire que nous étions inséparables dans le temps.
On s'est souri, puis quittés.
Comme si on ne s'était jamais vus.
La seule façon de préserver le peu qui reste.

Cette rue si étroite
était une large avenue
dans mon souvenir.
Seul le massif de bougainvilliers
est resté tel quel.
C'est derrière lui que je me cachais
pour surveiller le passage de Lisa
dont j'étais déjà amoureux.

Je note que certains détails
se changent en émotions
selon la couleur du jour.
Je vois jaune comme un homme ivre.
C'est aussi l'état de quelqu'un qui a la fièvre.
Je me prépare un grog avant d'aller m'étendre.

Dans le noir, je sens une main sur mon front.
Je fais semblant de dormir.
Les deux vieilles dames sont près de moi.
Elles évaluent la situation.
Rien de bien grave.
La fièvre est tombée, dit l'une.
Je les entends descendre lentement l'escalier.

LA PLUIE GALOPE

Soudain les premières gouttes de pluie et on court tous se réfugier à l'entrée du cinéma Paramount. Pendant un moment, le type au guichet a cru que Godard était devenu la coqueluche de Port-au-Prince. L'alerte passée, je fus alors le seul à rester pour voir *La Chinoise* dans la vaste salle aux fauteuils rouges défoncés.

Après le film, j'ai voulu marcher sous la pluie.
Au loin, de jeunes adolescents dansent
nus sous une mitraille d'eau.
La pluie galope vers moi.
J'entends sa musique.
Une émotion qui remonte à l'enfance.

Je m'approche de ces gosses
en train de jouer au foot
sous la pluie.
Temps fluide.

Ce n'est pas si facile que cela
d'être au même endroit

que son corps.
L'espace et le temps réunis.
Mon esprit commence à se reposer.

Retrouvé l'énergie primitive
que je croyais avoir perdue
et l'émerveillement
ressenti il y a si longtemps déjà
devant cette toupie rouge
qui m'a brûlé l'enfance
en tournant si vite sous mes yeux éblouis.

Tôt le matin
la petite fille essaie
d'allumer le feu
pour préparer le café
qui irriguera le jour
de tant de gens.

On a longtemps grimpé
ce flanc de montagne déboisé.
Le cou en sueur.
Midi palpitant à la gorge.
Pour, arrivé au sommet, découvrir
une mer langoureusement
allongée le long de la baie
comme une courtisane
à son jour de repos.

Décor immobile.
Le ciel

la mer
le soleil
les étoiles
et les montagnes.
C'est ce que je verrai encore ici
si je reviens dans un siècle.

Je suis resté un long moment
debout sous cette petite pluie fine
le visage pointé vers le ciel.
De jeunes enfants nus du quartier
sont venus m'entourer
comme si j'étais une étrange apparition.
J'ai eu beau leur parler en créole rien n'y a fait.
Leur étonnement me met hors jeu.

C'est là que j'ai compris
qu'il ne suffit pas de parler créole
pour se métamorphoser en Haïtien.
En fait c'est un trop vaste vocable
qui ne s'applique pas dans la réalité.
On ne peut être haïtien que hors d'Haïti.

En Haïti, on cherche plutôt à savoir
si on est de la même ville
du même sexe
de la même génération
de la même religion
du même quartier que l'autre.

Ces jeunes garçons qui dansaient nus
sous la pluie, me dis-je
en rentrant à l'hôtel,
ne voulaient aucun adulte dans leur jeu.
L'adolescence est un club exclusif.

UNE JEUNE FEMME INSOUCIANTE

J'arrive à l'hôtel complètement mouillé pour trouver ma sœur en grande conversation avec la propriétaire. On est montés dans ma chambre afin que je me change. Après son travail, elle est passée prendre de mes nouvelles car ma mère commençait à s'inquiéter. Elle me voyait en danger dans un rêve. À mon avis c'est parce que je suis dans sa zone de sensibilité. Durant les années passées à Montréal, elle ne m'a jamais paru aussi soucieuse qu'à présent que je suis à moins de dix minutes d'elle. Tu te trompes, me dit ma sœur, elle se fait du mauvais sang pour toi depuis ton départ. Je passerai la voir demain. Ma sœur n'est pas dupe du petit chantage émotionnel de ma mère. Elle la connaît bien. Elle doit rentrer toujours à la même heure, sinon ma mère se met en tête d'aller la chercher à travers les rues de Port-au-Prince. Est-il possible de partir ainsi à la recherche de quelqu'un dans une ville de plus de deux millions d'habitants? Ma mère le fait. Et neuf fois sur dix, elle retrouve ma sœur.

Une de mes tantes m'a raconté que ma mère était, du temps de mon père, une jeune femme insouciante.

Capricieuse même. Elle a perdu son travail juste après le départ de son mari. Elle s'y attendait, mais elle a toujours pensé qu'elle finirait par dénicher quelque chose dans le secteur privé. Mais le dictateur avait effacé la frontière entre le public et le privé. Il ne restait plus que l'ère Duvalier. Et cela, même dans l'intimité des gens. On nous avait fait savoir qu'il pouvait entendre ce qui se disait dans les chambres à coucher. Tous les territoires lui appartenaient. Et la descente a commencé pour ma mère. Il a fallu des décennies d'angoisse, de frustration, d'humiliations et de difficultés quotidiennes pour faire de cette femme fière et résistante le petit oiseau fragile et inquiet qu'elle est devenue.

Mon père a toujours désiré que ma mère le rejoigne là-bas. Malgré sa folle envie de le revoir, elle n'a pas voulu que ses enfants grandissent en exil. Elle voulait nous donner le sens du pays. Une nuit que je dormais près d'elle, je l'ai entendue murmurer qu'elle aimerait bien toucher une dernière fois son visage. Les traits de mon père s'étaient imprimés sur sa rétine. Ce qui lui manquait, c'était le poids du corps. Elle a tenu bon près d'un demi-siècle, écartelée entre son homme, ses enfants et son pays. Elle ne les a eus tout à elle qu'un bref temps.

Je n'arrive pas à avoir une conversation intime avec ma sœur. On se comprend trop bien. Je peux suivre la courbe de sa vie même en ignorant les faits qui la tissent. Notre relation navigue aujourd'hui entre cette fusion qui date de notre adolescence et la distance imposée par l'exil. Une bonne part de ce chaud-froid vient du fait qu'on n'a pas passé notre enfance ensemble. Elle est restée à Port-au-Prince avec ma mère, tandis que je suis allé retrouver ma grand-mère à Petit-Goâve. On passait nos nuits à se raconter des histoires. Nos manières sont différentes. Elle raconte, j'analyse. Je parviens à donner une certaine ampleur à un événement mineur en le reliant à une chaîne d'événements tout aussi mineurs. En fait, je crois que les histoires ne sont ni petites ni grandes mais qu'elles sont toutes reliées entre elles. L'ensemble formant une masse compacte et dure qu'on appelle, pour faire vite, la vie.

Ma sœur et moi, on se complète bien. La seule chose qu'on n'a jamais su partager, c'est mon père. Je l'ai toujours soupçonnée de garder pour elle des images de mon père en mouvement. Si de nous deux quelqu'un pouvait se souvenir de son visage, ce serait elle, et cela, quoiqu'elle soit plus jeune que moi d'un an. J'étais à Petit-Goâve quand mon père était à Port-au-Prince. Il vivait avec ma mère et ma sœur dans la grande maison en bois de l'avenue Magloire-Ambroise. Ma sœur avait trois ans, j'en avais quatre. Elle a toujours prétendu qu'elle se souvient de la voix de ma mère quand celle-ci l'allaitait. Et j'ai toujours été le seul de la famille à la croire. Pour ma part, je ne me souviens de rien, sauf de ce que ma mère m'a raconté. Connaissant de ma sœur le sens frémissant du détail et le nez absolu, je mets ma main au feu qu'elle se rappelle l'odeur de mon père. On n'arrive pas à parler de sa mort parce qu'on n'a rien partagé de sa vie.

Tante Ninine me prend à part. Elle ferme soigneusement la porte de sa chambre derrière moi. On reste debout au milieu de la pièce. Soudain, elle attaque. Il faut que tu sauves Dany. Je dois me sauver de quoi ? Je parle de ton neveu, il faut que tu sauves Dany. De quoi ? Tu dois faire quelque chose pour lui. Je ne comprends pas. Il doit quitter ce pays. Ici on décide du destin des gens. Il a vingt-trois ans mais son opinion ne compte pas. Sa vie ne lui appartient pas. Il doit absolument quitter ce pays, répète ma tante. À quoi bon, je pense, si c'est pour revenir trente-cinq ans plus tard comme moi ? Ma mère entre dans la chambre avec son sourire espiègle. Tante Ninine passe tout de suite à ses histoires de santé. Ma mère sent bien qu'il se passe quelque chose et elle sort pour nous laisser en tête à tête. Je fais mine de la suivre afin d'esquiver la suite. Juste au moment où j'allais franchir la porte, tante Ninine m'attrape par le bras. Quelque chose me dit que, si l'avenir de mon neveu est important pour tante Ninine, il ne constitue pas son unique préoccupation. Zachée a téléphoné à propos de ton père. Ta mère a besoin de ton soutien maintenant. Ton père a été, malgré sa disparition, le seul homme de cette maison. Une façon de me reprocher mon absence des derniers jours, sinon des trois dernières décennies.

Peut-on savoir ce qui se passe dans la tête d'un homme qui a perdu la tête ? Ce que j'aimerais avoir hérité de lui, ce sont ses idées de justice sociale, son intransigeance envers le pouvoir, son dédain de l'argent et sa passion des autres. Et ta mère, qu'est-ce qu'elle aura? Ce qu'elle a toujours su garder de lui par-delà la douleur. On se regarde un long moment sans rien dire. Tante Ninine m'ouvre finalement la porte.

LE TUEUR À MOTO

Dans ce théâtre de Port-au-Prince
tout se vit en direct.
Même la mort qui peut arriver
à tout moment
sur une Kawasaki.
Mort venue d'Asie.

Un jeune homme à lunettes noires
sur une petite Kawasaki jaune
qu'il fait pétarader autour de la place.
« C'est de la mauvaise graine », laisse tomber
cette dame assise à côté de moi.

On apprend plus tard
qu'un jeune homme à moto
a fait feu, sans même s'arrêter,
sur deux médecins
qui entraient dans leur clinique.
Tout près d'ici.
La mort à toute vitesse.

Le témoin (un homme de 60 ans) : « J'étais juste là, à côté des médecins en train de discuter. J'ai entendu un bruit de moto. Je me suis retourné pour voir d'où elle venait. Pam. Pam. Deux balles. Les deux médecins par terre. L'un est atteint à la gorge ; l'autre, au cœur. Il ne s'est même pas arrêté. »

Une foule se fait rapidement autour de l'unique témoin des deux meurtres. L'ambulance ramasse activement les blessés. L'un, déjà mort. Celui qui est atteint au cou n'a pas beaucoup de chances de s'en sortir non plus. Sa femme, arrivée en trombe, parle de le faire transporter par hélicoptère à Miami.

Le même témoin : « J'admire ça, les gens qui connaissent leur métier. Il a à peine ralenti. D'une précision ! C'est pas tout le monde qui peut faire ça, je peux le dire, j'ai fait de la moto pendant dix ans. C'était une Kawasaki neuve. Compacte mais fiable. Évidemment si on a une moto qui peut tomber en panne, comme on en voit un peu partout, c'est plus risqué. On voit qu'il prend son boulot au sérieux. »

Un policier s'approche. La foule s'écarte de l'homme toujours admiratif du travail de précision du tueur.
Le policier : Vous allez venir avec moi.
Le témoin : Pourquoi ?
Le policier : Vous avez l'air de connaître bien ce milieu. Je sens que vous allez pouvoir nous aider.
Le témoin : J'habite dans le coin… Je ne suis qu'un amateur de moto.

Une dame : Il est peut-être amateur de moto mais il n'habite pas ici. Je suis dans le quartier depuis quarante-six ans, et c'est la première fois que je le vois.

Le policier : Vous allez venir avec moi.

Le témoin : J'habite à Jalousie, juste là-haut, sur la montagne.

La dame : Tous les voyous qui nous terrorisent viennent de là.

Le témoin : Je ne suis pas du tout un complice… J'aime simplement le travail bien fait.

Le policier : Vous venez ou je vous mets tout de suite les menottes.

Le témoin : Nous sommes en démocratie…

Une autre dame : Peut-être qu'il dit la vérité et qu'il n'est qu'un amateur de moto… Il y a des gens qui ne savent pas quand se taire. Devant la mort, on doit simplement se découvrir.

Le policier : Suivez-moi. Et vous, madame, vous êtes témoin aussi?

La première dame : Non, j'étais à table quand c'est arrivé.

Le policier : Maintenant, circulez, tout le monde…

Quand tout le monde
court partout dans le marché
c'est qu'il y en a un pour qui
le temps vient de s'arrêter.
Étalé par terre dans son sang.
Derniers spasmes.
Le bruit d'une moto qui s'éloigne.

Ce jeune motard a pu filer aisément.
On le retracera assez vite.
Le bidonville où il vit est un repaire
d'indicateurs de police
dont la plupart sont aussi des tueurs.

D'après une enquête du *New York Times* la plupart de ces meurtres sont commandés par de puissants hommes d'affaires qui habitent ces villas luxueuses perchées sur le flanc de la montagne. Tout juste en face du bidonville où vivent les tueurs.

Les « contrats » se négocient par cellulaire, d'un ghetto à l'autre. Les crève-la-faim et les bourgeois se sont toujours intéressés au progrès technologique. Les uns pour des raisons de sécurité. Les autres pour rester dans la guerre.

PRÈS DE L'UNIVERSITÉ

J'en profite pour jeter un coup d'œil aux environs.
J'aime bien repérer les lieux, savoir où je suis. Afin d'éviter, s'il faut se mettre à courir, de me retrouver dans un cul-de-sac. Je découvre un petit parc fréquenté par d'anciens étudiants qui n'ont jamais pu trouver de travail. Tous ceux qui n'ont pas encore compris que seulement dix pour cent auront un emploi décent à la fin des cours. Et donc que les études ne suffisent pas. Pour travailler dans ce pays, me dit un étudiant amer mais lucide, il faut venir d'une famille riche ou s'allier à une famille politique puissante.

Des chômeurs affalés sur les bancs publics
avec un mouchoir blanc sur le visage.
Quelques prostituées en minijupe qui
tentent de se faire passer
pour des étudiantes en lettres modernes.
Un policier somnolant
le fusil et rien d'autre entre les jambes.
La sieste des ratés.

Une jeune fille accompagne sa mère
si jeune elle aussi qu'elle pourrait
être sa grande sœur.
Elles m'abordent rapidement
pour connaître mes dispositions.
Il paraît qu'une mère et sa fille dans le même lit,
ça excite encore les vieux sénateurs.
Je n'en suis pas encore là.
Elles s'en vont en se tenant par la taille.
De dos, on ne distingue plus la mère de la fille.

Ce jeune homme assis à côté de moi regarde passer
une fourgonnette remplie de policiers de la brigade
internationale. Plus il y a de policiers, plus il y a de
voleurs. Comment ça? fais-je. Ils sont pareils. Je ne
comprends pas. Ceux qui sont chargés de nous protéger sont de mèche avec les assassins quand ce ne sont
pas eux-mêmes les meurtriers. Et que faites-vous pour
vous défendre? On rase les murs ou on s'enferme chez
soi. Je dis que seul un dictateur peut sauver ce pays. Et
quel âge avez-vous? Vingt-trois ans. Je parie que vous
n'avez pas connu de dictateur. Non, mais j'insiste: il
faut un chef dans ce pays, sinon c'est le désordre total.
Où est le désordre? Il me jette un regard effaré. Je vois
plutôt un ordre. Les puissants gardent tout pour eux.
Comme les petits n'ont rien, ils s'entredévorent pour
les miettes qui restent. Si on nomme un dictateur, il va
simplement officialiser cet état de fait. Je continue à
croire qu'il faut un chef dans ce pays. Aujourd'hui,
chaque quartier est quadrillé par des bandes armées

qui se font la guerre entre elles sans cesser de terroriser la population.

On fait quelques pas dans le parc. Vous étudiez en quoi? En sciences politiques. Et vous voulez un dictateur? Oui, monsieur, n'importe quoi sauf cette situation intenable. On peut toujours porter plainte contre le dictateur sur la scène internationale ou même tenter de le renverser. Celui que j'ai connu, si on additionne le temps du père à celui du fils, de 1957 à 1986, il a duré vingt-neuf ans. Et c'est leur héritage qu'on voit là. Un dictateur ne fera que leur donner une légitimité. Et l'ordre ne sert qu'à enrichir un groupe particulier. Le désordre n'arrive que quand d'autres groupes réclament leur dû. Vous ne vivez pas ici? Je viens de Montréal. Il n'y a pas de dictateur là-bas à ce que je sache. Non, mais il y a l'hiver. Ce n'est pas la même chose. Bien sûr, je blaguais. Son visage se rembrunit. Est-ce si terrible, l'hiver, là-bas? Il faut y être pour savoir. C'est subjectif alors? Plutôt démocratique. Tout le monde le subit. Pas tous, ceux qui peuvent le fuir le font. C'est comme ici, ceux qui en ont les moyens ne connaissent pas les rigueurs de la dictature. J'aimerais bien y faire un tour un jour. On n'y fait jamais un tour. On y va pour un moment, et on y passe sa vie.

Je le laisse en espérant qu'il ne finira pas comme ceux qu'il dénonce aujourd'hui. Il en a pourtant le profil. Le sentiment d'être méprisé par une certaine classe, de grandes difficultés financières qui l'empêchent de satisfaire ses besoins les plus primaires, à cela il faut ajouter la solitude (la faim sexuelle en est une composante) de celui qui a été orphelin très tôt et ce goût immodéré du beau langage. Pas si éloigné de la situation du jeune François Duvalier au moment où il écrivait son poème *Les Sanglots de l'exilé*, dont le thème fondamental est ce ressentiment qui lui servira plus tard de programme politique.

Je continue ma promenade
en essayant de me rappeler
ce poème du dictateur que j'avais dû
apprendre par cœur à l'école.
« Mais le noir de ma peau d'ébène se confondit
Avec les ombres de la nuit.
Quand, cette nuit-là, hideux comme un fou,
j'ai abandonné ma chambre froide d'étudiant. »
Tout est dit. Frankenstein a lâché.

Tout juste dans le prolongement du parc, il y a un petit marché où les marchandes de thé s'amusent entre elles sans prêter attention aux rares clients. L'une d'elles raconte une histoire sexuelle avec les gestes appropriés. Elle fait danser ses fesses rebondies près du visage de la plus jeune comme pour la narguer. Les autres regardent en souriant, la tête appuyée sur des sacs de thé. De temps en temps un rire fuse dans l'air parfumé.

Un jeune homme maigre
tente d'armer un long fusil

tout en enfilant une vareuse kaki.
Son ami aussi fait office
d'agent de sécurité dans un supermarché
de l'autre côté de la rue.
Une ville sur le pied de guerre.

Fou de musique rap.
Ne lit que des mangas.
Ne mange que des pâtes.
Silencieux le jour.
Bavard le soir.
Tel est mon neveu.

On se comprend assez vite.
À le voir je pense à cette époque
où tout m'exaspérait.
J'évite de lui faire la morale
me contentant de lui glisser un peu d'argent
quand sa mère regarde ailleurs.
L'argent est aux garçons
ce que le parfum est aux filles.
Ça rend euphorique.

La jeune femme à la caisse de ce petit restaurant près de
l'université me sourit de temps en temps. Quelques étudiants en train de dévorer une montagne de riz. Le
vieux serveur s'amène avec nos assiettes en traînant
les pieds. Le même plat pour tout le monde (poulet
en sauce, riz blanc et salade de pommes de terre). On
mange tête baissée. Un grand verre de jus de cachiman.

Mon carnet noir à portée de main où je continue à noter tout ce qui bouge autour de moi. Le moindre insecte que mon regard capte.

S'il y a une chose que j'aime chez mon neveu, c'est qu'il ne se précipite pas pour parler. Il n'a pas encore ouvert la bouche depuis son arrivée, mais quand il le fait c'est pour de bon. Ce coin n'a pas l'air trop dangereux? Parfois, oui. Quand le gouvernement estime qu'on est trop tranquilles, il envoie des provocateurs qui se font passer pour des étudiants. Comment font-ils ça? Ils arrivent une semaine avant les policiers. Ils recrutent tout de suite les meneurs. Puis ils attendent le bon moment. On sait qu'ils sont passés à l'action quand on tombe un lundi matin sur des pneus en train de brûler dans la cour de la faculté. Le gouvernement alors envoie une troupe soi-disant pour mettre de l'ordre. La télé est de la partie aussi. Postés aux fenêtres, les provocateurs font mine de tirer sur des policiers cachés dans le parc. Ils finissent par en blesser un ou deux mais jamais gravement, ce qui pourtant autorise la troupe à charger. Et cinq minutes plus tard, les tanks arrivent. Et qu'est-ce que vous faites? Avant, rien, on subissait, mais on a fini par comprendre la technique et on a mis au point un petit système qui semble marcher pour le moment. Dès qu'on voit les pneus en flammes, on file en douce et on les laisse entre eux. Ils se tirent dessus croyant qu'on est encore dans les environs. Heureusement qu'ils sont bêtes, mais ils finiront par s'en apercevoir un jour. Son ton égal m'effraie. Il ne semble accorder aucune importance à ce qui pourrait lui arriver. À peine ce léger sourire qui révèle une subtile appréciation des faits. De toute façon, continue-t-il, je ne sais pas pourquoi ils se démènent tant pour nous mettre des bâtons dans les roues puisque personne ne veut rester ici. S'ils ne veulent pas nous voir, ils n'ont qu'à distribuer des visas américains et cette université se vide à l'instant. Ces jeunes étudiants me semblent encore plus désespérés que ceux de mon époque. C'était quand même Duvalier. Les tontons macoutes. Les années noires. La police sanguinaire d'un régime barbare. Cette amertume vient peut-être du fait qu'ils ont cru à un changement après le départ de Baby Doc. Rien de pire qu'un espoir trahi.

J'ai toujours rêvé de vivre sur un campus du temps que j'étais à Port-au-Prince. Mon activité principale se serait résumée à la fréquentation assidue de la bibliothèque à cause de cette fille qui fait des recherches sur la traite négrière et son impact sur l'économie européenne de l'époque. J'aurais participé mollement aux discussions interminables. Les discussions interminables qu'auraient provoquées les films de Wajda et Pasolini projetés dans le petit ciné-club tout au fond du jardin. L'accusation de censure lancée contre le recteur qui aurait interdit *Deep Throat* aux étudiants de première année. Et les protestations orageuses contre le gouvernement qui aurait fait saisir les bobines d'*État de siège*. Le premier baiser avec la fille de la bibliothèque la veille d'un examen important. Et l'impression d'avoir toujours à choisir entre elle et mon avenir. Et de rater ma vie quel que soit le choix.

LE VIEUX VENT CARAÏBE

Ma mère me prend à part
pour me donner une petite photo
où l'on voit mon père avec ma sœur sur ses genoux.
Et moi debout à côté de lui.
Ma sœur pleure.
Mon père et moi, on a le même visage grave.

Ma mère me raconte que cette photo a été prise par un
ami de mon père, « un camarade de combat ». On avait
tenté de la refaire pour avoir un souvenir plus gai d'un
moment pourtant triste, puisque mon père et son ami
étaient passés à la maison en coup de vent avant de
rejoindre le maquis, mais ma sœur n'a jamais arrêté de
pleurer cet après-midi-là.

Sa voix est devenue encore plus douce en évoquant ce
moment. L'ami de mon père s'appelait Jacques. C'était
un jeune homme si vivant. Il jouait de la guitare et adorait danser. Après la séance de photo, il a fait danser ma
mère dans la cuisine sur une chanson espagnole en
vogue à l'époque. Comme ils étaient recherchés par les

hommes du général-président, ils sont repartis à la faveur de l'obscurité. Puis ma mère a appris qu'on avait pris Jacques et qu'il était mort en prison.

Les gens qui ont connu plusieurs régimes politiques changent d'humeur selon qu'ils évoquent une époque heureuse ou malheureuse. Les époques heureuses, comme les pluies tropicales, ont cette caractéristique d'être brèves et fortes. Elles sont souvent suivies de longs tunnels où l'on ne voit pas la lumière pendant des décennies. Quand ma mère regarde les jeunes d'aujourd'hui danser dans les rues à cause d'un changement de régime, elle s'attriste en sachant qu'ils vont vite déchanter. Et qu'ils paieront chèrement cet instant de joie. Mais comme elle dit toujours, « c'est ça de pris ».

Ma mère cherche quelque chose dans l'armoire.
Je vois tout au fond
une grande photo en noir et blanc
d'un jeune homme qui me ressemble.
C'est la seule photo où je les vois ensemble
au moment de leur rencontre.

Quand je tombe sur cette photo, dit ma mère,
j'ai l'impression d'être avec mon fils et non mon mari.
La dernière fois qu'elle l'a vu
il était encore dans la vingtaine.

Ma mère me demande comment j'ai fait pour survivre là-bas. La question me surprend car c'est la première fois qu'elle s'approche si près de la falaise. J'ai l'air de mener une bonne vie, mais ma mère ne s'intéresse pas au fait que j'aie réussi ou pas. Sa question, c'est comment ça s'est passé. Comment ? Je comprends tout de suite qu'elle ne s'attend pas à ce que je lui raconte les obstacles franchis pour arriver à me faire une place dans mon nouveau pays, enfin, toute la salade qu'on raconte aux journalistes. Elle veut savoir comment j'ai vécu ça. Elle attend ma réponse. C'est une question que j'ai longtemps évitée, et si je suis ici c'est en partie pour y faire face. Il n'y a qu'une mère pour exiger de descendre avec toi au fond d'un pareil gouffre.

J'avais peut-être dix ans.
Je venais de quitter ma grand-mère
pour rejoindre ma mère à Port-au-Prince.
Je dormais avec elle les premiers jours
en attendant qu'on m'achète un matelas.
Ma mère souffrait d'un mal de dents.
Je l'entendais gémir tout doucement
de peur de me réveiller.
Quand je lui conseille de prendre des médicaments,
elle me répond que cette petite douleur
l'empêche de penser à une plus grande.

Ma sœur rentre du travail.
Chacun veut lui demander quelque chose.
Elle les esquive pour filer aux toilettes
avec un magazine.
On l'entend tourner les pages.

Et la famille impatiente qui attend qu'elle sorte pour la dévorer cru.
Cet insatiable appétit d'attention.

Je rejoins ma mère sur la galerie. Elle me fait découvrir son univers si morne à première vue, mais qui se révèle si riche. Elle connaît ces deux oiseaux qui se donnent rendez-vous ici l'après-midi, toujours à la même heure. Les lézards à qui elle a donné les noms de ses frères et sœurs morts : Jean, Yves, Gilberte, Raymonde, Borno, André. Morts ou en exil. Comme ça, je peux me rappeler leur nom. Sinon on commence par oublier un nom, puis le visage qui l'accompagne. Ainsi se perd un pan de sa vie. Elle a même un nom pour le vent. Ce petit vent si doux qui vient l'endormir à l'heure de la sieste. Il suffit de se taire pour voir apparaître un monde nouveau. Les plus petites choses prennent vie. Des fois elle se dépêche pour venir les retrouver. D'autres fois, sa colère contre la vie est si forte qu'elle refuse cette illusion. Et elle garde la chambre pendant une semaine. Puis elle revient. Et ils sont tous là, attendant son retour sans un signe de lassitude. Elle se tourne vers moi pour me glisser qu'ils ne se manifestent que s'ils sentent notre désespoir.

LA MORT DE BENAZIR BHUTTO

La mort de Benazir Bhutto m'a surpris pendant que j'étais aux toilettes. Les derniers soubresauts d'une diarrhée intermittente. J'entendais, dans l'autre pièce, la voix haut perchée de la correspondante de la BBC au Pakistan qui n'arrêtait pas de marteler le nom de Benazir Bhutto. En général, quand on répète plus de trois fois dans une phrase le nom d'une personnalité publique, c'est qu'elle vient de mourir et que sa mort a été violente. Avant même la fin du commentaire de la journaliste, j'entends une série d'explosions. Des cris. Des sirènes. Un vacarme épouvantable. Je n'arrive pas à quitter ma place car ma diarrhée vient de repartir en force. Le bruit de la foule couvre maintenant la voix de la journaliste. J'imagine qu'à cet instant, un peu partout dans le monde, c'est la même surprise, alors qu'aucune mort n'était plus prévisible que celle-là.

C'est bizarre que ce soit le Moyen-Orient
qui donne d'une certaine manière l'impression
que les dés ne sont pas toujours pipés en politique.
On risque encore sa vie là-bas.

Tout ce qu'on risque de perdre ici,
c'est sa réputation.

Ce qui m'a ému
dans cette sanglante histoire,
c'est le retour de Benazir Bhutto,
pour les funérailles,
dans son village natal de Larkama.
On y revient toujours à la fin.
Mort ou vif.

La chambre de bois.
Benazir, qui voulait
diriger le vaste et populeux Pakistan,
doit s'y trouver à l'étroit.
Et bien seule dans cette pièce
faite pourtant sur mesure.

On naît quelque part.
Si ça se trouve
on va faire un tour dans le monde.
Voir du pays, comme on dit.
Y rester des années parfois.
Mais, à la fin, on revient au point de départ.

LE FAR WEST

J'ai croisé, en rentrant à l'hôtel, cinq adolescents assis à cheval sur un muret, sous un manguier. Ils jouaient aux cow-boys et aux Indiens. Il y a quatre décennies je me retrouvais dans le groupe des Indiens. On descendait la colline en brandissant nos tomahawks. Les cow-boys nous attendaient cachés derrière les diligences. Au dernier moment ils nous abattaient, en plein vol, comme des oiseaux. Un après-midi, j'ai refusé de m'exposer comme un idiot, alléguant que les Indiens connaissaient mieux le terrain que les cow-boys et qu'il n'y avait aucune raison qu'ils ne se servent pas de cette expérience. On m'a tout de suite fait cow-boy. Un Indien qui proteste est donc un cow-boy. J'ai compris à ce moment-là qu'être un cow-boy ou un Indien ne dépendait que de l'humeur de l'organisateur du jeu. Ou de celui qui raconte l'histoire. Je n'ai pas à me plaindre de la place qu'on m'assigne, je n'ai qu'à prendre celle que je veux. Ce sont ces petites frustrations qui, accumulées au fil des ans, finissent par déborder un jour en une révolte sanglante.

Un ami est passé me voir à l'improviste,
et nous avons bavardé toute la soirée.
Cela me change des rendez-vous de là-bas
qu'il faut toujours prendre par téléphone.
À force d'éliminer toute surprise de cette vie
on finira par lui enlever tout intérêt aussi.
Et par mourir sans qu'on le sache.

J'ai l'air de trouver
tout bon ici
et tout mauvais là-bas.
Ce n'est qu'un juste retour du balancier.
Car il fut un temps
où je détestais tout d'ici.

Les hommes ne peuvent rien cacher
trop longtemps.
On n'a qu'à les regarder vivre
pour qu'ils se mettent à nu devant nous.
Un cocktail de sexe et de pouvoir
et les voilà déjà ivres morts.

Je reste tétanisé dans ma chambre à regarder ce documentaire que j'ai déjà vu avec mon neveu. On le passe en boucle sur cette chaîne locale. Ce qui fait le succès d'un tel récit, c'est, outre sa violence, sa clarté. Un soleil éclatant, des rues poussiéreuses et deux frères prêts à s'entretuer pour l'amour d'une jeune femme. Un western. La mort a enfin trouvé ici sa forme esthétique.

Torse nu, en jeans.
Un fusil à la main.
Gros plan sur Tupac.
Le jeune prince de Cité Soleil.
Son rire carnassier doit chatouiller
le sexe rose des jeunes filles
casernées dans les riches demeures
sur le flanc de la montagne.

C'est rare une légende locale
où on peut s'intéresser
aux visages
plutôt qu'au paysage.

Voici les dernières images.
La musique qui dit que tout est joué.
La mort au bout de la journée qui fera
de ces jeunes gens des héros de la Cité.
Cette histoire me ramène aux débuts de ce pays
quand nos héros allaient pieds nus
dans la poussière dorée du crépuscule.

J'entends au loin cette musique entraînante.
J'imagine les gens en train de boire,
de flirter, de danser et de rire.
Qui pourrait croire que pas loin de cette fête
un homme couché sur le dos
cherche son chemin dans la voie lactée?

À cinquante-cinq ans, les trois quarts des
gens qu'on a connus sont déjà morts.

Le demi-siècle est une frontière difficile
à franchir dans un pareil pays.
Ils vont si vite vers la mort
qu'on ne devrait pas parler d'espérance de vie
mais plutôt d'espérance de mort.

Si la balle vous rate.
Si même la faim vous épargne.
La maladie ne vous manquera pas.
Les trois ensemble si vous êtes
un élu de ces dieux pervers et farceurs
qui grimacent dans l'obscurité.

Dans mon sommeil de début de soirée,
je me demande où va cette voiture de sport
qui file à tombeau ouvert dans la pénombre.
Le vrombissement continue jusqu'au mur
du cul-de-sac.
Et si j'en juge par mon oreille
un jeune bourgeois vient de croiser
l'intraitable dieu que l'argent de son
père ne pourra jamais acheter.

Je suis là à regarder
ce que j'ai déjà vu,
même sans l'avoir vu,
et à ressasser ce que je sais déjà.
Étrange sentiment d'immobilité
quand on se sent si fébrile.
Est-ce le moment chez le félin
qui précède le bond?

L'EX-RÉVOLUTIONNAIRE DANS SA BUICK 57

Un vieux médecin, ancien ministre des Travaux publics, rencontré à un vernissage, m'a proposé de venir chez lui, à Kenscoff, dans les hauteurs de Pétionville. Nous roulons dans l'obscurité depuis un moment. La Buick 57 bien entretenue est une sorte de Rolls-Royce de la Caraïbe. Je suis le Gérard de la bande des quatre, fait-il en se tournant vers moi. Je fus un ami très proche de ton père. Mon regard vide lui fait vite comprendre que je ne sais pas grand-chose de la vie de mon père. Il s'en étonne à peine. Nous étions les quatre inséparables : ton père évidemment, Jacques… J'ai entendu parler de celui-là. Bien sûr, fait-il soudain triste, c'était le meilleur d'entre nous. Ma mère l'aimait bien. C'était l'ami de Marie, mais ta mère m'avait bien à l'œil. Et pourquoi ? Comme j'avais beaucoup d'amies, elle croyait que je les présentais à son mari alors que Windsor était lui-même très entouré. Et le dernier, c'était François. Il est mort aussi ? Non. Il s'est réfugié à la campagne. Ce type si brillant est devenu une espèce de paysan. Parfois je ne comprends plus rien à ce pays, comme s'il y avait en nous un virus suicidaire. On est incapables d'entrer dans la modernité. Tu crois connaître un type que tu vois chaque jour pendant des années et brusquement il t'annonce qu'il doit retourner dans les ténèbres parce qu'un dieu lare le réclame. C'est ce qui s'est passé avec François ? Je ne sais même pas si c'est une histoire de vaudou, mais dans son cas quel gaspillage ! Et où vit-il ? La dernière fois que je l'ai croisé, c'était dans l'Artibonite. Il s'intéressait alors à la culture du riz. J'allais au Cap quand j'ai vu un paysan enfoncé dans l'eau jusqu'à la taille. J'ai fait arrêter la voiture. C'était François. Et dire que ce type pourrait être ministre de l'Agriculture dans n'importe quel gouvernement. J'ai tout fait pour qu'il revienne à Port-au-Prince, tu t'imagines, ce type adorait Brecht et Genet, mais chacun mène sa vie comme il l'entend. Monsieur François est à Croix-des-Bouquets maintenant, dit le chauffeur. Je sais, fait l'ex-ministre avec une pointe d'irritation, on m'a dit qu'il élève des poules. La Buick 57 s'enfonce dans la nuit. Le chauffeur semble connaître chaque crevasse qu'il évite avec une telle dextérité qu'il nous donne l'impression de rouler sur une route parfaite.

À mesure qu'on s'approche de Pétionville
les filles semblent de plus en plus jeunes.
Les jupes de plus en plus courtes.
Les regards de plus en plus appuyés.
Cette guerre est aussi féroce
que celle des gangs de Cité Soleil.

Les filles ont toujours payé
plus cher quand la ville

se fait jungle
et la nuit peu sûre.
Le sexe affamé
n'épargne personne
sur son chemin.

Malgré l'heure tardive on fait un crochet par la route de
Delmas voir Frankétienne. Le médecin veut lui acheter
un tableau de sa dernière manière. Frankétienne est un
artiste si prolifique qu'il peut ruiner un collectionneur.
Il nous accueille avec un tel vacarme qu'il a dû réveiller
le quartier. L'ogre dans son antre. Malgré les commen-
taires louangeurs du médecin, Frankétienne semble réti-
cent à lui vendre un tableau de sa collection personnelle.
Le riche médecin se déclare prêt à y mettre le prix, mais
le peintre lui tient tête. On nous sert du café — Frankétienne ne boit plus d'alcool depuis sa maladie. Il travaille
en ce moment à un roman dont on voit le volumineux
manuscrit étalé dans un énorme fouillis sur sa grande
table de travail. Tout déborde chez lui. Torse nu. Appétit
gargantuesque. Visage rouge comme un homard ébouil-
lanté. Enthousiasme débridé d'un homme obsédé de littérature et de peinture. Il a peint quelques milliers de
tableaux et son premier grand roman, *Ultravocal,* s'est
métastasé depuis quarante ans en une trentaine de
volumes. L'ogre n'a jamais vécu ailleurs que dans cette
turbulence urbaine. Me voyant perplexe devant cette
tonne de papier bariolé de signes obscurs plus proches
des notes de musique que des lettres de l'alphabet (il
serait capable d'inventer un vocabulaire et une gram-

maire afin d'écrire un livre complètement original), il me lance que sa prochaine œuvre sera un roman-opéra. C'est quoi, un roman-opéra? demande alors le chauffeur qui semblait somnoler dans son coin. Frankétienne se retourne brusquement vers lui : vous êtes le premier à oser me le demander, les autres font semblant de comprendre. Je ne peux pas l'expliquer, mais quand j'aurai fini le livre, vous verrez, en attendant, laissez-moi vous offrir un tableau. Il se faufile dans l'entrepôt pour revenir avec un immense tableau qu'on n'arrivera sûrement pas à faire entrer dans la voiture. Il défait le cadre avec une telle énergie qu'il endommage presque la toile. Il la jette dans le coffre de la Buick 57 sous le regard ahuri du médecin collectionneur qui, lui, est reparti les mains vides et les poches encore pleines de fric.

Une femme désespérée sur cette route nationale nous fait signe d'arrêter. Le médecin presse le chauffeur de poursuivre. C'est, paraît-il, la dernière trouvaille des bandits de grands chemins pour détrousser les voyageurs. Elle sert d'appât à des voleurs cachés dans les fourrés. Et si c'était vrai? Si elle avait vraiment besoin d'aide? Je le saurai dans le journal.

Pour que la scène soit crédible
on kidnappe une pauvre femme
à qui on promet la liberté
si elle parvient à faire tomber dans le piège
une de ces luxueuses voitures dont le propriétaire
possède une villa sur le flanc de la montagne.

J'ai lu dans *Le Nouvelliste* l'histoire tragique de cette femme qui s'est retrouvée au bord de la route nationale, après un accident, avec son fils. Personne ne s'est arrêté. Il est mort au bout de son sang. La mère devenue folle continue, des mois après, à demander de l'aide aux automobilistes. Même les assassins qui ont établi leur quartier général dans cette région désolée l'évitent. On a peur de croiser son regard.

Pour chaque bras qui pointe
un revolver sur vous
il y a une main qui vous offre un fruit.
Toute parole méprisante de l'un
est effacée par le sourire de l'autre.
On reste incapable de bouger
entre ces deux pôles.

COMMENT VIT-ON À SOIXANTE-DIX ANS
DANS UN MUSÉE?

On quitte les lumières de Pétionville.
Déjà les chaumières des paysans
éclairées par des lampes que
le vent cherche à éteindre.
Ce qu'il me faut,
c'est une petite chambre
avec une fenêtre
d'où l'on voit la verte campagne.
Là, je pourrai écrire le livre
que je rumine depuis si longtemps.

On s'enfonce sur cette route en terre ocre
pour s'arrêter devant la barrière rouge.
Les serviteurs arrivent en se frottant les yeux.
Trois voitures, en guise d'animaux domestiques,
dorment déjà dans la cour.
Ne vivent ici que le médecin, sa femme
et sa nombreuse domesticité.
Les enfants se sont éparpillés sur la planète.

Cet homme vit dans un véritable musée. Trois salons remplis d'œuvres de peintres haïtiens majeurs. Les pionniers : Wilson Bigaud, Benoit Rigaud, Castera Bazile, Jasmin Joseph, Préfète Duffaut, Enguerrand Gourgue, Philomé Obin et même un Hector Hyppolite. La génération des Cédor, Lazarre, Luce Turnier, Antonio Joseph, Tiga, et les contemporains comme Jérôme, Valcin, Séjourné et le groupe de Saint-Soleil avec Levoy Exil, Denis Smith et Louisiane Saint-Fleurant. Une pièce entière est réservée à Frankétienne. Presque tout le monde est là. Le médecin me suit en souriant. Je suis impressionné par le choix des peintres, et le choix de certaines œuvres m'intrigue autant. Et plus encore l'accrochage. Il me semble entendre leur dialogue durant la nuit. Pourquoi aucun Saint-Brice ? Il baisse la tête. Ma femme a peur de Saint-Brice. La plupart des œuvres de Saint-Brice sont des têtes sans corps, et elles font peur à ma femme. J'avais un petit Saint-Brice que j'ai eu le malheur de placer dans la chambre à coucher. Ma femme s'est réveillée en pleine nuit, elle a vu le tableau qui brillait dans l'obscurité et s'est mise à hurler comme une folle. Je l'ai immédiatement enlevé pour le mettre dans le couloir, mais ce fut pire. Elle refusait de quitter la chambre, même pour aller à la salle de bains. J'ai dû échanger mon unique Saint-Brice contre deux Séjourné. On ne peut pas imaginer ce que ressent un collectionneur qui doit se départir d'une œuvre marquante. Bien, j'ai fait une croix là-dessus. On prend un verre ?

On passe au petit salon — une façon de parler car il s'agit d'une pièce bien plus grande que n'importe quel salon régulier. Deux serviteurs apparaissent comme par magie avec des plateaux chargés de charcuteries. J'aime bien les riches qui savent recevoir. On mange : fromages, jambon, pâtés, saumon fumé. On boit : rhum, vin, whisky. Je n'ose pas lui demander d'où vient une pareille richesse. Je sais à quoi vous pensez. Si vous étiez un ami de mon père, c'est que vous n'étiez pas bien riche. Il se met à rire. On ne savait jamais si on allait pouvoir manger. Mais ton père parvenait à surmonter les obstacles les plus difficiles. Il savait se faire inviter par ces femmes riches que les jeunes gens insolents intriguaient toujours. Ta mère me soupçonnait de le pousser dans les bras des femmes. Mais c'était lui le séducteur, et comme tout bon séducteur il ne cherchait jamais à séduire, ignorant parfois la tempête qu'il semait sur son chemin. Combien de fois j'ai dû lui glisser que telle femme le dévorait des yeux. Il ne pensait qu'à la politique, disons plutôt à la diffusion de ses idées. Si pour lui toute femme n'était qu'une future militante de son parti, elles semblaient envoûtées par la puissante énergie qu'il dégageait. C'est cette incandescence qui nous attirait chez lui. J'ai vu des choses, enfin je suppose que ce n'est pas de cela que tu veux qu'on parle… Je ne m'attends à rien. Je ne peux qu'écouter quelqu'un qui a connu mon père à vingt ans. Le fond de l'affaire, c'est que ton père détestait le général Magloire qui s'accrochait au pouvoir malgré la constitution. On passait notre temps en prison ou au maquis. Et après ? Le bilan, comme celui de toute notre génération, fut désastreux : Jacques est mort, ton père est parti en exil et François s'est retiré à la campagne. J'étais le seul à rester sur place, et devine ce qu'on fait à Port-au-Prince ? De l'argent. Non, fait-il en souriant, pas si vite. On fait d'abord de la politique. La révolution ? La révolution, on l'a faite à vingt ans. Silence. J'ai été quinze ans ministre du Commerce, c'est un bon poste pour faire de l'argent. La plupart des commerçants du centre-ville sont en fait des contrebandiers qui passent leur temps à faire des cadeaux au ministre pour qu'il ferme les yeux sur leurs opérations clandestines. Moi, je fermais un œil, gardant l'autre toujours ouvert. Car ce sont les mêmes commerçants qui ne se gêneront pas pour vous dénoncer dès que les choses commenceront à s'envenimer.

Plus tard, il m'a conduit dans son bureau pour un tête-à-tête. Depuis les dernières émeutes, on se méfie des domestiques. Contrairement au reste de la maison c'est un endroit assez sobre. C'est là qu'il prépare ses coups fumants. Il rapproche son fauteuil du mien jusqu'à ce que nos genoux se touchent. Il se verse une rasade de rhum tout en remplissant à ras bord mon verre. Il faut que je t'explique certaines choses que tu n'as pas l'air de comprendre, ce qui est normal après plus de trente ans d'absence. Pour toi, on est en ce moment sous un autre régime puisque ceux que tu as connus ne sont plus sur le terrain. Et leurs enfants sont à l'étranger. Mais ils ont été remplacés par leurs adversaires d'hier qui sont bien pires qu'eux. Ils sont frustrés, affamés, et ils paniquent à l'idée de ne pas pouvoir tout rafler avant de crever. En fait, ils ne sont que des pantins que d'autres manipulent dans l'ombre. Les vrais maîtres de ce pays, on ne les voit jamais. Pour eux, c'est une histoire sans rupture. D'un seul tenant. Ils veillent au grain depuis la fin de l'époque coloniale. C'est toujours la même histoire : un groupe remplace un autre, et ainsi de suite. Si tu crois qu'il y a un passé, un présent et un futur, tu te mets un doigt long comme ça dans l'œil. L'argent existe, pas le temps. Il prend une longue gorgée de rhum. M'observe longuement de ses yeux injectés de sang. Je vais faire une chose pour toi, parce que Windsor était mon meilleur ami, je vais te laisser ma voiture et mon chauffeur, comme ça tu pourras circuler en toute sécurité dans ce pays que tu n'as pas vu depuis un moment. Je tombe de sommeil. Maintenant, si tu permets, je vais aller affronter les monstres de mon enfance.

DES HOMMES QUI SE CROIENT DES DIEUX

J'ai décidé d'emmener avec moi
mon neveu qui s'ennuyait
dans une maison
remplie de vieilles tantes énervées
et de chapelets bénis par des curés saouls.

Je croise beaucoup de femmes enceintes.
Flux incessant de nouveau-nés
qui poussent insidieusement
les vieux vers le cimetière.
Garder à portée de main un veston noir
à partir de cinquante ans afin d'assister
aux funérailles de ses amis d'enfance.

La barrière ouverte du centre d'art
que je fréquentais vers l'âge de dix-sept ans.
Beaucoup plus pour les peintres
que pour la peinture.
Je n'ai croisé ce matin que mademoiselle Murat
la directrice depuis toujours.
Elle m'a accueilli avec son regard moqueur

tamisé par un sourire désarmant de candeur.
À force de vivre parmi les tableaux
elle est devenue un personnage de roman.

Je me promène dans les pièces vides et sombres
du centre d'art avec l'impression que le locataire
vient tout juste de partir sans oser emporter avec lui
les nombreux tableaux qui ne prennent vie
que dans cette bâtisse de bois au plancher qui craque
et où j'ai dégusté un café
servi par mademoiselle Murat
avec l'inquiétant et chaleureux Robert Saint-Brice
et ce grand garçon joufflu de Jean-Marie Drot.

Faudrait écrire un récit du point de vue du chien
errant dans le tableau mauve de ce peintre
qui a disparu un jour sans laisser de traces.
C'était l'époque où un homme n'était pas autre chose
qu'un lapin dans le chapeau noir de Papa Doc.

Je note en croisant une petite foule en prière
qu'on parle ici de Jésus
sans arrière-pensée mystique,
comme s'il s'agissait
d'un type qu'on
a l'habitude de croiser
au coin de la rue.

Si on attend tout de lui,
on se contente finalement de peu.

La moindre surprise est accueillie
comme un miracle.

L'équilibre mental vient du fait
qu'on peut passer, sans sourciller,
d'un saint catholique à un dieu vaudou.
Quand saint Jacques refuse
d'accorder telle faveur
on va vite faire la même demande
à Ogou qui est le nom secret donné
à saint Jacques quand le prêtre a enjoint
aux fidèles de renier le vaudou
pour pouvoir entrer dans l'église.

Si on accueille si facilement les dieux
c'est parce que les gens croient
qu'ils sont eux-mêmes des dieux.
Sinon ils seraient déjà morts.

Dans ces régions où l'on se raconte
ses rêves chaque matin
au moment du premier café
faisant du jour un simple prolongement de la nuit,
le voyageur se demande si cette tranquille assurance
face à la mort ne vient pas du fait que
le temps ne sert pas à mesurer la vie.

Cette petite fille d'à peine neuf ans
nourrit son jeune frère
en se privant elle-même de manger.
D'où vient une si précoce maturité ?

UN HOMME ASSIS SOUS UN BANANIER

J'aimais me rendre dans le petit atelier du peintre Jean-René Jérôme, dans la banlieue populeuse de Carrefour. Je passais des heures à le regarder peindre ces femmes aux jolies courbes avec une fleur rouge au coin de l'oreille, ce qu'il faisait pour payer son train de vie de bohème. Il travaillait très vite, en jetant à peine un coup d'œil sur la toile. Comme on n'était pas loin de la mer, vers midi on allait manger du poisson sur la plage. Sa femme m'avait envoyé des années plus tard une petite photo où on nous voit dégustant un café dans son atelier encombré de tableaux, de coquillages et de sculptures poussiéreuses. Il me paraît aujourd'hui si jeune sur la photo. Je n'arrive pas à me rappeler de quoi on parlait. Je me souviens uniquement du plaisir que j'avais à le regarder danser tout en peignant ses femmes à la fois gaies et sensuelles. Quant aux toiles qui comptaient pour lui, il se cachait pour les peindre.

Ce brouillard au loin
c'est la pluie qui s'avance vers nous.
Déjà la cohue. On court partout.

227

D'où vient que des gens
qui font quotidiennement
face à la maladie, la dictature et la faim
paniquent tant à l'idée d'être mouillés ?
Je retiens le visage radieux de ce paysan
qui marche vers la pluie.

On s'arrête sur le bord de la route pour ce vieux monsieur qui semble revenir de la messe. Vous allez où ? Je
vais voir une amie malade, juste au coude du chemin.
Montez donc, vous y serez plus vite. Je suis presque
arrivé. Comme j'insiste il finit par monter dans la voiture. Je n'ai pas l'habitude des automobiles, me consi-
dérant moi-même comme une automobile, fait-il en
riant de sa blague. Oui, mais des fois ça peut aider si on
est pressé. Je ne vois pas ce qui pourra me pousser à aller
plus vite que mon trot. Vous pouvez me laisser ici. Je le
regarde prendre un petit chemin serpentin. Il va sûrement de l'autre côté de la montagne, ricane le chauffeur.
Arrivé au sommet il lui faudra encore une bonne heure
de marche. Mais pourquoi ne m'a-t-il pas dit où il allait ?
Son monde n'est pas le nôtre.

Si on revient au point de départ
cela voudra-t-il dire
que le voyage est terminé ?
On ne meurt pas tant qu'on bouge.
Mais ceux qui n'ont jamais franchi
la barrière de leur village
attendent le retour du voyageur

pour estimer si cela valait
la peine de partir.

Les paysans pauvres paient les impôts
sans rien espérer du gouvernement.
Ce serait déjà bien
si on les laissait vivre en paix.
L'État n'aime pas qu'on le juge en silence.
Je pense à ça en les voyant courbés dans les champs.

Près de la vieille cathédrale de Port-au-Prince, j'ai acheté un magazine avec une longue entrevue du peintre Lazarre. Il a passé une bonne partie de sa vie à New York avant de rentrer en Haïti. S'arrêtant à peine à Port-au-Prince, le temps d'embrasser quelques amis avant de continuer vers cette petite cabane perdue au fond d'une bananeraie. Cette image, presque pieuse, a illuminé sa solitude à New York. Il s'est réveillé un matin en sueur, avec l'impression que c'était sa dernière journée dans cette ville froide et dure. Il était sûr de manquer d'oxygène s'il ne rentrait pas le même jour en Haïti. Il n'a pris que son passeport avant d'aller vider son compte à la Chase Manhattan Bank, puis un dernier taxi pour l'aéroport Kennedy. Le soir même, il se trouvait dans un petit café à Pétionville avec ce qui restait de la vieille équipe de peintres et de poètes qui rêvaient, comme lui, de changer le monde au début des années 60. Mais son voyage n'était pas terminé tant qu'il n'eut pas retrouvé la cahute qui l'avait tenu en vie durant les longues années de dépression à New York. Sur la photo du magazine, on voit le peintre Lazarre torse nu, assis sous un bananier, avec tout au fond une petite chaumière aux fenêtres bleues.

On ne voit plus rien depuis un moment.
Un camion soulève une poussière blanche
devant nous.
Une longue litanie de camions
remplis de sable derrière nous.
Klaxons éclatants et pressants.
On monte les vitres pour ne pas trop avaler
de cette poussière insistante.

Après quelques heures de route, il a fallu ranger la voiture au bord du chemin. De la fumée sortait de sous le capot. Le chauffeur est parti avec un bidon vide chercher de l'eau chez un paysan qui vit sur le flanc de cette montagne chauve. L'eau si rare dans cette région sèche nous a été offerte avant même que le chauffeur en fasse la demande. Le paysan a aussi proposé de descendre avec sa famille pour nous aider à pousser la voiture. Le chauffeur a passé la soirée à nettoyer le moteur de chaque grain de poussière. Déjà la nuit. L'homme nous a offert le gîte. On a grimpé la montagne en se tenant la main pour ne pas se perdre dans cette obscurité.

La maison où on a dormi
n'avait pas de toit.
J'ai passé la nuit à me promener dans la voie lactée.

Et j'ai cru reconnaître ma grand-mère
dans cette discrète étoile
repérée pour la première fois,
pas loin de la Grande Ourse.

UNE FENÊTRE SUR LA MER

Des montagnes dénudées sur la droite.
Des cactus géants sur la gauche.
La route asphaltée donne l'impression,
au loin, d'un lac tranquille.

Les camions qui transportaient
autrefois les animaux à l'abattoir
servent aujourd'hui pour les humains
qui voyagent debout
la tête couverte de poussière
et la bouche remplie de moustiques.

On s'approche des fameuses falaises
qui m'ont fait faire
les pires cauchemars
dans mon enfance.
La réalité est bien plus modeste.
Au tournant le klaxon éclatant
d'un camion rouge venant en sens inverse.
Et la peur enfantine refait surface.

C'est à se demander si les routes nationales sont à sens unique parce que les paysans qui vont à Port-au-Prince ne font plus le trajet inverse. Ils sont d'abord aspirés par le centre de la métropole pour être repoussés tout de suite vers une périphérie déjà populeuse. Où il est impossible de survivre sans une arme blanche au moins.

Au-delà d'un certain nombre
la vie des gens n'a plus la même valeur.
On s'en sert comme chair à canon
ou hommes de main.
Certains parviennent à se faire un chemin
sans trop se salir
entre la corruption généralisée
et le meurtre quotidien.

On arrive assez tard à Ville-Bonheur où
règnent les deux vierges.
Celle de la chrétienté s'appelle
Marie Immaculée Conception.
Et sa jumelle, qui trône dans le panthéon vaudou,
c'est Erzulie Freda Dahomey.
Des vierges assoiffées.
L'une, de sang,
l'autre, de sperme.
Le chauffeur va de l'une à l'autre.

Au bout de la route
on a trouvé un petit hôtel

tout bancal
où il était possible de souper.
Les punaises nous attendaient au lit.

Comment faire comprendre à cette dame
qui se vante d'avoir été à New York
que tout ce qu'on veut c'est du jus de fruit frais
et non du coca-cola chaud?
Pour elle, les fruits locaux ne sont bons que
pour les pauvres et les porcs.

Ce jeune homme qui nous a paru
si inquiétant avec ses cicatrices
au visage s'est révélé très doux.
Les blessures lui ont été causées
par un voleur surpris dans son champ.
Comme cela arrive bien souvent on avait
confondu victime et bourreau.

Tout est miracle dans
cette petite localité.
D'abord le simple fait d'exister.

C'est un cochon qui a permis
à ce jeune homme de faire des études d'agronomie
à Damien, près de Port-au-Prince.
Il en parle comme d'un parent proche.
Le cochon est le livret d'épargne du paysan.

Quand à la suite d'une épidémie
on a demandé aux paysans de la région de tuer

tous les cochons pour ne pas mettre
la vie des gens en danger
ils les ont cachés dans les montagnes.
C'est qu'aux yeux du paysan un cochon
vaut peut-être moins que la famille
mais assurément plus que la parole du ministre
de l'Agriculture.

On s'est arrêtés à cette guinguette près de la mer. Toiture
de chaume. Pas de porte. Tout est exposé au vent. Six
tables nues. La mer littéralement sous nos pieds. Au
menu : poisson grillé, poisson gros sel, poisson capitaine
en sauce avec piment fort. Mon neveu ne tolère pas le
poisson. Le chauffeur et moi, on s'est régalés. Il a même
consenti à desserrer sa cravate.

Je regarde mon neveu en train de déguster des huîtres
face à la mer. De temps en temps un camion passe, sans
s'arrêter, avec des passagers couverts de poussière. L'impression que dans ce pays on ne passe pas d'une ville à
une autre mais d'un monde à un autre. Pas âme qui vive
à l'horizon. À part cette marchande de noix de coco qui
vit à la merci du camion qui s'arrête, mais de moins en
moins le font à cette heure-ci.

Juste au moment de remonter dans la voiture
on a changé d'idée
pour entrer nus dans la mer chaude
et y rester
jusqu'à la nuit tombée.

Le chauffeur assis sur le capot de la voiture
nous attendait sans un geste d'impatience.
L'étrange calme de l'homme du Sud.

J'ai senti
que j'étais
un homme perdu
pour le Nord quand
dans cette mer chaude
sous ce crépuscule rose
le temps est subitement devenu liquide.

L'AUTRE AMI DE MON PÈRE

. Retour à Croix-des-Bouquets où, cette fois, j'ai surpris chez lui un peintre que je voyais souvent avant mon départ. C'est un fin coloriste qui n'a peint que des paysages bondés de pigeons et de fruits trop mûrs. On a causé un peu et bu beaucoup dans son atelier plutôt sombre. Du rhum pour moi. Du lait pour lui depuis sa maladie. Un régime de bananes pourrissant dans la pénombre nous rappelle ses étranges obsessions. Son corps lourd. Sa voix ensommeillée. On glisse dans une atmosphère léthargique. Le fait que cet atelier soit aussi un petit temple vaudou ajoute au charme vénéneux des tableaux. Le regard troublant du maître des lieux et sa manière énigmatique de s'exprimer me mettent mal à l'aise. J'aurai toujours l'impression qu'on communiquait dans deux univers parallèles. Après notre départ, le chauffeur m'a avoué qu'il avait senti de fortes vibrations négatives dans la pièce. Mon neveu avait passé son temps à observer les jeunes marchandes dans la cour voisine.

Un grand bassin d'eau froide
où de jeunes vendeuses de mangues

se baignent en se couvrant les seins
avec des cris aigus.
La robe plaquée sur le corps.

Le peintre sort de son atelier
pour m'indiquer la route
qui mène à l'ami de mon père.
Il vit, m'a-t-on dit, derrière le marché.
On a dû faire un long détour.
Il était impossible de traverser le marché.

Le chauffeur s'est garé sous un arbre
avant d'aller faire un tour vers les étals.
Il a vu en passant des malangas qui l'intéressaient.
Mon neveu est resté avec lui.
Je dois rencontrer seul l'ami de mon père.

Je l'ai trouvé en train de donner des grains à une dou-
zaine de poules. Il m'a paru plus chétif encore que sur la
photo que j'avais vue chez l'ex-ministre. Ses yeux per-
çants et sa ferme poignée de main m'apprennent que
j'aurais tort de le sous-estimer. Une forte personnalité.
Il va chercher deux chaises qu'il place sous la petite tonnelle. Comme ça il est mort. Qui est mort? demandé-je
idiotement. Ton père. Il m'avait reconnu. On vous l'a
dit. Je ne vois personne, à part mes poules et les paysans
qui viennent me voir pour que je leur écrive une lettre.
Alors comment le savez-vous? Tu es son portrait craché.
Et c'était la seule raison pour venir me voir jusqu'ici. Tu
prends quelque chose? Parce que je ne bois plus que du
tafia. Juste un petit verre aussi. Avec cette chaleur ce n'est

pas recommandé pour quelqu'un qui vient du froid. Quelque chose de frais alors? Il fait un signe discret à une jeune fille en train de faire la lessive sous le manguier. C'est ma petite fille, Elvira. Depuis la mort de sa mère, elle vit avec moi… Ainsi Windsor K est mort. Il est mort à Brooklyn. Je m'en fous où il est mort. On ne meurt pas quelque part, on meurt. Il semble loin un moment. Notre professeur d'histoire avait dû s'absenter pour je ne sais plus quelle raison, et Windsor avait pris sa place. Il s'était mis en avant. Il a tout de suite imposé le silence à notre bande de têtes de mule. Ensuite, il nous a raconté l'histoire de notre pays, à sa façon. On était tous là, comme hébétés. Du jamais vu. Il avait dix-sept ans comme nous tous. Je l'ai regardé faire en me disant que je suivrais ce type n'importe où. Et c'est ce que j'ai fait. Je n'étais pas le seul, mais j'étais le plus proche de lui.

Elvira est arrivée pieds nus
dans la poussière chaude
avec les boissons sur un petit plateau.
Yeux brûlants.
Sourire rare.
Longues jambes fines.
Sa pudeur n'arrive pas
à cacher cette énergie explosive
qu'elle tient de son grand-père.

On a bu en silence. Je ne saurais dire la composition de mon breuvage, mais en faisant un effort je pourrais y reconnaître de la papaye, de la grenadine, du citron, du cachiman et du sirop de canne. En tout cas c'est très frais. Je regarde autour de moi tout en écoutant les voix des marchandes. On n'est pas pressé ici, me fait-il avec un sourire gentiment moqueur. Windsor connaissait beaucoup de gens, mais on était quatre. Le noyau. Et ce qu'on voulait, c'était simple aussi : la révolution. C'est Windsor qui a eu l'idée de fonder un parti politique. On avait vingt ans. « Le Souverain », parce que c'était le parti du peuple et que le peuple est toujours souverain. On ne suivait aucune règle. On ne se gênait pas pour casser la gueule à nos adversaires. On allait dans les bureaux et on foutait à la porte les ronds de cuir qu'on remplaçait séance tenante par des employés compétents et honnêtes qui ne faisaient pas forcément partie de notre groupe. On avait une liste d'employés malhonnêtes et une autre de citoyens honnêtes et compétents qui n'arrivaient pas à trouver du travail, ce qui fait qu'on passait nos journées à remettre les pendules à l'heure. On n'avait pas un travail mais une mission. On voulait un pays de citoyens et non un pays de cousins. On était dans l'action. Et Jacques ?

Elvira est revenue avec une cuvette d'eau
qu'elle a déposée sur une petite table bancale.
François est allé se laver la tête
les aisselles et le torse.
Elle l'a essuyé tendrement
avec une grande serviette blanche.
La jeune vierge du temple
s'occupant de son grand-père.

Visage transfiguré. On lui donnerait vingt ans de moins. Je suis une plante qu'on doit arroser de temps en temps, sinon je dessèche. J'aime l'eau aussi. Il se rassoit. Tu disais Jacques tout à l'heure ?… Jacques ! Jacques ! J'ai reçu ce coup-là au plexus et je ne m'en suis jamais remis. Ton père non plus d'ailleurs. C'est ce que Marie m'avait dit car personne ne pouvait savoir ce qu'il ressentait. Je dis bien personne car j'ai été son lieutenant. À part ta mère. Et elle m'a dit qu'il avait pleuré. Avez-vous des nouvelles de Gérard ? Il jette quelques grains par terre et quelques secondes plus tard une nuée de poules nous environnent. Je ne parlerai ici que de Windsor et de Jacques. Vous ne parlez que des morts ? Je ne parle que des gens que je connais. Je croyais connaître Gérard. C'est tout ce que je peux dire. J'ai l'impression que c'est mon tour de parler. Mon père avait déposé une valise à une banque. Ce n'était sûrement pas de l'argent — ce n'était pas son genre de thésauriser. C'était quoi d'après vous ? je lui demande. Oh, fait-il en chassant les poules, je n'en sais rien, je me suis débarrassé de tout ce qui m'encombrait et le passé était le plus lourd. En quittant Port-au-Prince, je n'ai amené avec moi ici que mon propre cadavre. Mais ton père, c'était un historien, peut-être que c'étaient des documents, mais oublions tout ça. Il prend une longue respiration comme pour dire une dernière chose avant de se taire complètement. Tout ce que je peux dire c'est que j'ai aimé Windsor et que Jacques est la blessure de ma vie. Aujourd'hui je vis ici, avec ma petite-fille, entouré de poules insatiables qu'il me faut nourrir à chaque heure, de paysans illettrés que

j'aide à rédiger des réclamations et de marchandes
bruyantes qui n'arrêtent pas de jacasser du matin au
soir, et c'est tout ce que je désire.

On avait quitté la zone du marché
et on roulait déjà vers le sud
quand j'ai remarqué
derrière la voiture
la longue foulée d'Elvira
qui m'apportait une poule
de la part de son grand-père.
À la place de la valise de mon père
restée dans cette banque de Manhattan
j'ai eu, comme héritage, une poule noire
de son meilleur ami.

Mon neveu n'a pas pu respirer
tout le temps
qu'Elvira était près de la voiture.
Et ce silence qui a
suivi son départ.
Comme une plaine après un incendie.

LE LÉZARD VERT

Je me suis promené dans
ce paisible cimetière de Petit-Goâve.
Des tombes éparpillées dans l'herbe haute.
Sur la tombe de ma grand-mère Da,
un lézard vert m'a regardé
un long moment
avant de se glisser dans une crevasse.

On n'est pas loin de la rivière Desvignes
où j'ai ramassé des crevettes
avec mes cousins
durant cette enfance pluvieuse.

Une jeune fille du Nord est arrivée
dans ce cimetière,
il y a quelques années,
avec un modeste bouquet de fleurs pour Da
dont elle a cherché en vain la tombe.

C'est que Da vit aujourd'hui
dans mes livres.

Elle est entrée tête haute
dans la fiction.
Comme d'autres ailleurs
montent au ciel.

Pour ce simple bouquet jeté ce jour-là
sur n'importe quelle tombe
sache, Pascale Montpetit,
que tu auras toujours ta place
dans le modeste cimetière de Petit-Goâve,
là où les dieux conversent
sans sourire avec les femmes.

Un homme fait la sieste
à l'ombre d'un bananier.
Couché sur une tombe
à la sortie du cimetière.
Est-il plus reposant
d'être si proche
du sommeil éternel ?

Je remonte à pied la rue Lamarre jusqu'au 88, l'ancienne
maison où j'ai passé mon enfance avec ma grand-mère
Da. Au fur et à mesure que j'avance, je reconnais de
moins en moins la rue. Cela m'a pris un moment pour
replacer la maison où elle était vraiment. Le petit parc
où Oginé gardait les chevaux pour dix centimes pendant que leurs propriétaires vendaient des légumes au
marché n'était plus au même endroit. Et la boutique de
Mozart non plus, Mozart étant mort bien avant Da. Si

j'ai pu replacer la maison c'est grâce à celle qui se trouvait en face. Elle est restée intacte, comme dans mon souvenir. Les portes rose et blanc et le long corridor où se postait ce chien noir qui a sauté, un soir, à la gorge d'un voleur.

Je revois Da assise sur la galerie et moi à ses pieds en train de regarder les fourmis vaquer à leurs occupations. Les gens saluant Da qui leur offre une tasse de café. Vava, dans sa robe jaune, remontant la rue avec sa mère. Et mes amis, Rico et Frantz, qui vont passer me prendre pour aller faire un tour près de la mer. Cet après-midi-là n'aura jamais de fin.

VERS LE SUD

Juste avant d'atteindre Carrefour Desruisseaux
pour descendre vers Aquin,
on s'est arrêtés à Miragoâne pour faire
le plein d'essence.
J'ai reconnu le pompiste.
On a fait notre première communion ensemble.
Il n'a pas changé d'un iota.
C'est le même quarante-cinq ans plus tard.
Toujours ce sourire niais qui l'a quand même
protégé de la morsure du temps.

La pluie nous mitraille depuis Miragoâne.
Bruit infernal sur la toiture.
On continue à parler
comme si de rien n'était
pour se taire à l'entrée d'Aquin.
Complètement vannés.
Mais quel orgueil nous a poussés à vouloir
tenir tête aux éléments déchaînés?

De nouveau le soleil.
On se retrouve à un carrefour sans savoir
s'il faut se diriger à droite ou à gauche.
Le chauffeur est d'avis qu'il faut tourner à gauche.
Et mon neveu pense qu'on doit prendre la droite.
Un homme assis sur sa galerie nous observe
en sirotant son café avec son chien à ses pieds.
Sans lever la tête, il nous indique la bonne direction.

Je suis sûr de le retrouver au retour
à la même place.
Dans deux jours comme dans dix ans.
Je passe mon temps à courir.
Lui reste immobile sur sa galerie.
On se croisera au moins
deux fois dans la même vie.
À l'aller et au retour.

J'étais en train de lire Césaire à l'ombre (« terre grand
sexe levé vers le soleil ») quand mon neveu s'est appro-
ché de moi avec la délicatesse d'un chat. Comment
c'est? me demande-t-il à brûle-pourpoint. Quoi? Vivre
ailleurs. Oh, là-bas, c'est devenu pareil qu'ici pour moi.
Pourtant ce n'est pas le même paysage. J'ai perdu la
notion du territoire. Ça se fait si doucement qu'on ne
s'en rend pas compte, mais au fur et à mesure que le
temps passe les images qu'on a gardées dans sa mémoire
sont remplacées par de nouvelles et ça n'arrête pas. Il
s'assoit à côté de moi avec l'air grave du jeune homme
qui a commencé à réfléchir trop tôt dans la vie. Pour

nous, vous nagez là-bas dans l'opulence. Pas tout à fait. Le fait de pouvoir s'exprimer sans peur, ce n'est pas rien déjà. Au début, oui, c'était excitant, mais après quelques années c'est devenu naturel, alors on aspire à autre chose. C'est une machine très compliquée, un être humain. Il a faim, il trouve à manger et immédiatement il veut autre chose, ce qui est normal, mais les autres continuent à ne voir en lui que l'affamé qu'il était en arrivant. Tante Ninine dit que vous êtes la seule personne qui ait passé trois décennies en Amérique du Nord pour revenir à la maison les mains vides. C'est comme ça. Je suis ainsi. Je ne peux pas changer les choses. Je fais partie de ceux qui ne prennent pas l'argent au sérieux. Je sais qu'on en a besoin, mais je ne vais pas me rendre esclave de l'argent pour autant. Ce n'est pas ça! C'est tante Ninine qui t'envoie. Un silence. Elle ne lâche jamais sa proie. Je sais, et je vous laisse à votre Césaire.

On traverse un petit village plus mort qu'un cimetière. À part ce chien galeux qui nous a poursuivis jusqu'à la sortie personne n'a remarqué notre passage. Vous ne les avez pas vus, dit le chauffeur, mais les adultes nous observaient derrière chaque porte et les enfants étaient cachés derrière chaque arbre. Comment le savez-vous? demande mon neveu. J'ai grandi dans un bourg pareil, crache le chauffeur.

Comme la poule noire n'arrête pas de caqueter,
le chauffeur me conseille

248

de couvrir sa tête
avec une chaussette
afin de lui faire voir la nuit
en plein jour.

On s'arrête dans ce hameau afin d'acheter un chapeau de paille pour mon neveu qui souffre d'insolation. Quelques cahutes en demi-cercle dans une cour en terre battue entourée de bayarondes poussiéreuses. Des hommes jouent aux dominos sous un grand manguier. Quelques femmes cuisinent au fond de la cour. Des enfants courent nus d'un groupe à l'autre. J'ai l'impression de basculer dans un autre temps. J'ignorais qu'en changeant simplement de lieu on pouvait ressentir une pareille émotion, comme si dix ans me séparaient de Port-au-Prince que je viens à peine de quitter.

L'HIVER CARAÏBE

Dans cette région
la famine a été si terrible
qu'on a dû manger les fruits encore verts
puis les feuilles des nouvelles pousses.
Des arbres nus sur une longue étendue.
L'hiver caraïbe.

Le ciel est plus étoilé ici
que partout ailleurs.
La nuit plus noire aussi.
On croise des gens
dont on entend les voix
sans voir les visages.

Il m'arrive de noter
mes impressions
longtemps après avoir quitté
un village.
Un tel dénuement me laisse
sans voix.

On traverse de nouveau un village sec.
Un petit garçon poursuit la voiture
avec de grands gestes de la main
et un large sourire qui lui dévore le visage.
Je le regarde s'effacer
derrière un nuage de poussière.

Je ne m'habituerai jamais
à l'extrême courtoisie de ces paysans
qui vont jusqu'à vous offrir leur lit
avec un drap blanc immaculé
pour coucher eux-mêmes à la belle étoile.

La voiture est restée près du pont, surveillée par ce long jeune homme si grave qui m'a confié que son grand rêve, c'est d'aller un jour à Port-au-Prince afin de rencontrer tous ces animateurs de radio qu'il écoute sans cesse. Il a passé la matinée avec nous un transistor collé à l'oreille. Et à chaque nouvel animateur, il voulait savoir si on le connaissait. Et Rico? Et Marcus? Et Bob? Et Françoise? Et Liliane? Avez-vous connu Jean? Il les connaît si bien sans jamais les avoir rencontrés.

Nous sommes montés là-haut à cheval. Des trois chevaux, j'ai eu le plus rétif. Celui qui s'obstine à marcher le long du précipice. Que peut valoir ma vie pour un animal qui se demande encore ce que je fais sur son dos? Souffrant de vertige, je n'ose regarder en bas. Le jeune paysan qui me guidait m'a fait un clin d'œil complice en dirigeant le cheval vers le milieu de la route.

Une petite fête sous la tonnelle. On nous accueille avec de grands gestes de bienvenue comme si on était les invités d'honneur. On nous apporte du café, du thé, de l'alcool. Il y a une guildive sur la plantation. Grande table chargée de victuailles. Le meilleur repas de ma vie. Mon neveu s'empiffrait à côté de moi. Une demi-douzaine de jeunes filles en blanc faisaient le service. L'impression de circuler dans un rêve où tout ce qu'on souhaite arrive. Le maître des lieux, un riche paysan, m'a poussé dans les bras de sa plus jeune fille, une beauté timide et modeste, qui n'a pas quitté sa chaise sous un calebassier de toute la réception. J'ai appris, au moment de redescendre vers la voiture, qu'elle a étudié la médecine à Harvard et qu'on fêtait son retour au bercail. Je préfère la savoir, sous les caféiers, dans les bras de ce jeune paysan qui la regardait avec un désir si furieux qu'il semblait prêt à affronter la mort pour l'avoir.

À cette réception j'ai croisé un ancien professeur de grec qui enseignait il y a deux ans encore dans un lycée de Port-au-Prince. Il avait aussi publié un recueil de poèmes dans le sillage de Verlaine et Villaire. On discutait de Césaire qui le laisse froid quand un de ses amis est arrivé. Ils se sont mis à converser en grec. J'avais oublié cette culture de province si raffinée et désuète.

Les paysans ont refusé de prendre l'argent que je leur offrais pour leur peine et comme j'insistais l'un d'eux a fini par lâcher que c'était pour le ministre qu'ils l'avaient fait. Dans la voiture, le chauffeur m'apprend qu'on n'aurait jamais pu circuler aussi librement si les gens n'avaient pas reconnu la voiture du ministre. C'est grâce à lui si la région est aujourd'hui irriguée.

J'ai demandé au chauffeur pourquoi il n'avait rien mangé tout à l'heure. Il a d'abord fait semblant de n'avoir pas entendu. J'ai dû lui rappeler que s'il craignait quelque chose c'était son devoir de m'avertir, puisque j'étais sous sa protection durant tout le voyage. Il a enfin lâché, sur ce ton mystérieux qu'il prend parfois, qu'on ne court aucun danger tant qu'on ne sait rien. Il a fallu que j'insiste pour qu'il consente à s'expliquer plus clairement. Si on nous a reçus avec tant de respect c'est parce que nous représentions des dieux très puissants. Lesquels ? Il n'a pas voulu répondre. Et vous ? Pour que la cérémonie commence, il faut que le dieu honore le repas. C'était quel genre de cérémonie ? Les fiançailles de la jeune fille avec Legba. C'était donc moi Legba, puisque le maître de maison n'arrêtait pas de la pousser dans mes bras ? Non, c'était votre neveu. Pourquoi prenait-il tant soin de moi ? Il fallait amadouer Ogou, un dieu colérique et jaloux qui pouvait gâcher la fête à tout moment. Et vous ? N'ayant rien pris d'illicite, je n'étais qu'un simple mortel qui accompagnait les dieux. Je ne suis pas sûr qu'il m'ait tout dit. Le mystère fait partie intégrante du vaudou. Quand j'entends les touristes ou les ethnologues dire qu'ils ont assisté à « une vraie cérémonie vaudou »… C'est qu'il n'y a pas de vraie cérémonie vaudou — c'est comme croire qu'on peut acheter le paradis. Cela se joue dans d'autres sphères.

LE FILS DE PAULINE KENGUÉ

Monsieur Jérôme, notre mystérieux chauffeur qui a toujours refusé de nous dire son nom, vient de cette petite localité qui n'est inscrite sur aucune carte. Un de ces lieux-dits qui ne sont connus que par ceux qui y vivent. Et pourtant des gens y naissent, y vivent et y meurent, comme partout ailleurs. Ni plus, ni moins. J'ai su le nom de notre chauffeur dès qu'on s'est arrêtés au marché local. Ils sont venus l'entourer, le touchant avec émotion, lui parlant avec douceur. « Je n'espérais pas te revoir avant ma mort, Jérôme », dit cette vieille femme courbée qui vend de l'huile de palma-christi. Pour elle, il est le fils de Pauline Kengué, une Congolaise de Pointe-Noire qui est arrivée dans le village un matin pour ne plus jamais repartir. Selon la vieille, qui fut sa meilleure amie, la croyance des gens de la tribu de Pauline Kengué veut que ceux qui meurent en Afrique resurgissent en Haïti, de préférence dans un village. Jusqu'à sa mort, Pauline ne parlait que de son fils Alain laissé là-bas. Elle disait toujours que si elle était venue ici c'était pour qu'Alain puisse se sentir un jour haïtien. On est du pays où notre mère est enterrée. Était-ce un délire dû à la fièvre des derniers moments ? On ne le saura que si ce fils se manifeste et qu'il va se recueillir sur la tombe de sa mère dans ce village perdu d'Haïti.

Je peux te dire qu'elle t'aimait autant qu'Alain, dit la vieille femme en lui caressant la joue. Je me souviens comme si c'était hier quand Pauline est venue frapper à ma porte pour me montrer ce beau bébé qu'elle avait trouvé au marché. J'étais restée à la maison à cause d'une fièvre de cheval. Pauline avait l'habitude de passer si elle ne me voyait pas au marché vers midi. Elle m'apportait alors une soupe ou un bon thé de clous de girofle. C'était une femme vraiment bien, sérieuse et honnête. Ce jour-là, elle cachait quelque chose dans une serviette blanche. C'était toi, Jérôme. On venait de te déposer dans cette serviette juste à côté d'elle. En plein jour. Il y a beaucoup de gens dans un marché. Elle a cru voir une femme en blanc avec un foulard rouge autour du cou, mais elle ne pouvait jurer de rien. Tout s'est passé si vite. Un cadeau des dieux, c'est ce que je lui ai dit. Elle t'a appelé Jérôme, du nom de mon premier fils mort à l'âge de trois mois. Pauline était ainsi, discrète et ordonnée. Une amie sûre aussi. Monsieur Jérôme sourit à l'évocation de sa mère, cette femme qui n'a pas quitté une minute son esprit, selon ce qu'il nous racontera plus tard, au déjeuner. Si, malgré votre âge et vos réalisations personnelles, on ne voit en vous que le fils de votre mère morte depuis longtemps, c'est signe que vous êtes revenu au village natal, le lieu de tous les commencements.

C'est pourtant dans ce village qu'on a volé notre sac pendant qu'on déjeunait. On l'avait placé au pied de la table, à côté de la poule. Monsieur Jérôme crevait de honte. Il n'arrêtait pas de répéter que les choses avaient changé. De son temps tout le monde se connaissait. Dès que quelqu'un avait une difficulté, on mettait la main à la pâte. On vivait comme une seule famille. Donc le voleur n'est pas d'ici? Sûrement de Zabeau, à six kilomètres environ. Je connais la chanson. C'est la même que j'ai entendue partout. La cuisinière nous a recommandé d'aller faire une déposition chez le chef de section. Arrivés là-bas, on nous a fait savoir que ce dernier devait être au « Vietnam » à l'heure qu'il était. Il nous a fallu un moment pour comprendre que le Vietnam était un bordel à la sortie du village. Monsieur Jérôme a de nouveau rougi de honte. On y est allés quand même. Assis au fond d'une pièce sombre, le chef de section était en train de siroter un cocktail maison, du « sellé-bridé », un alcool capable de vous faire galoper jusqu'à l'aube. Il semblait intéressé par autre chose que notre rapport sur le vol du sac. Il a gardé ses lunettes noires malgré l'obscurité. Soudain il s'est mis à trembler et à frapper la table de sa large paume, comme s'il allait s'étouffer. Je m'apprêtais à l'aider à respirer quand une jeune femme est sortie de sous la table, le front en sueur. Visiblement, ce n'était pas le moment d'exposer notre problème. Le chef semblait plutôt prêt à passer au plat principal. On n'est pas restés longtemps malgré l'offre généreuse de partager son harem.

On ne peut atteindre ce village, Zabeau, sans traverser un champ de canne à sucre. Des hommes torse nu et en sueur. La machette sifflant comme un cobra énervé. Un premier coup sec coupe la canne à la base. On l'attrape au vol avec un second coup qui la décapite. Et le tronc rejoint la pile à un mètre de là. Monsieur Jérôme nous raconte qu'il accompagnait son père à la coupe de canne. Il essaie, mais on voit qu'il a perdu la main. Je les regarde travailler un moment en rêvant d'une pareille dextérité avec la phrase. Je vois passer des ombres au loin. On tient une cérémonie secrète, à l'abri des regards indiscrets. Monsieur Jérôme nous prie de remonter dans la voiture, et tandis que nous roulons j'entends encore les voix harmonieuses des hommes et des femmes chanter la gloire d'Erzulie Freda Dahomey, la déesse à qui aucun homme ne peut résister. Le calme de cette campagne ne doit pas nous faire oublier que ces paysans n'ont jamais arrêté de se battre d'abord contre l'Europe esclavagiste, puis contre l'armée américaine d'occupation (de 1915 à 1934) et toujours contre l'État haïtien.

Je viens de quitter une autre petite fête improvisée sur le bord de la route. Une des rares fêtes à la campagne qui ne concernent que les mortels. Il suffit, dans ce cas, d'une guitare, d'une bouteille de rhum et de quelques amis qui se connaissent depuis l'enfance. Le petit groupe s'en va au cimetière, sur la tombe de la jeune fiancée du guitariste, morte au début de l'année dernière. Ils sont maintenant de l'autre côté de la colline.

Cette chanson est encore plus poignante quand on ne voit pas celui qui la chante.

On a roulé une bonne heure avant d'entendre ce bruit si éclatant qu'on aurait dit un coup de feu. Des gens sont sortis de leurs maisons, inquiets. Un petit garçon a pointé notre roue avant gauche — déjà à plat. On s'est rangés sur le côté de la route pour ouvrir le coffre. Pas de pneu de rechange. « C'est ma faute », murmure un Monsieur Jérôme vraiment désolé. Il faudra faire réparer le pneu crevé. Monsieur Jérôme le fait rouler jusqu'à la station d'essence, à cinq kilomètres d'ici. On l'attend près de la voiture. Mon neveu en profite pour aller se baigner dans la petite rivière, au fond de la falaise. L'eau est si fraîche qu'elle a des reflets bleutés. J'entends les rires de mon neveu qui essaie d'attraper de petits poissons volants. Deux paysans revenant des champs l'observent d'un air placide. Toujours difficile de savoir ce qu'ils pensent, et même de savoir si on est en train de transgresser un tabou. Mon neveu semble retrouver un plaisir que son corps avait oublié. On ne peut imaginer la pression constante qu'une ville comme Port-au-Prince peut exercer sur les nerfs d'un jeune homme sensible.

Une dame est venue m'offrir, comme c'est l'usage, une tasse de café bien sucré que je déguste assis sur le capot de la voiture. Un petit garçon qui habite dans les environs m'apporte une chaise. Et cette petite fille tient à me faire admirer son agilité en faisant des pirouettes avec sa corde à danser. Le soir tombe à peine que déjà on entend la musique des maringouins qui se préparent à l'attaque. Voilà Monsieur Jérôme avec la roue réparée et une nuée d'enfants autour de lui.

S'il a pris un certain temps pour revenir c'est parce qu'il connaît une femme dans la région. J'ai pu comprendre en suivant attentivement le déroulement de sa pensée qu'ils ont deux enfants ensemble. C'est votre femme? Non. Les enfants sont de lui, mais pas à lui. Que veut-il dire? Il tente de m'expliquer une situation qui l'embarrasse au plus haut point. Le mystère s'épaissit au fur et à mesure qu'il entre dans les détails. Enfin, si je comprends bien c'est son père qui a dû reconnaître les deux garçons, car il était mineur à leur naissance. Alors ils doivent être des adultes maintenant?... Son visage s'éclaire. Ce sont de bons travailleurs, surtout honnêtes. L'un est cordonnier aux Cayes, et l'autre mécanicien à Port-au-Prince. Alors où est le problème? C'est une histoire bien compliquée. Le père de la femme ne lui a jamais pardonné d'avoir déjoué son plan. Il avait d'autres projets pour sa fille. Le père avait promis de lui trancher la tête s'il approchait une fois de plus de sa maison. Encore aujourd'hui? Il est vieux maintenant, mais encore vigoureux et toujours en colère. On n'oublie jamais rien dans ce coin de pays. Monsieur Jérôme semble arriver au point le plus délicat de l'histoire : il aimerait que j'aille saluer cette femme à sa place tout en lui remettant discrètement cette enveloppe. Et si son père m'attrape et me tranche la tête? Le visage de Monsieur Jérôme se

rembrunit mais il ajoute tout de suite que ce n'est pas du
tout son genre, c'est un homme très courtois. Sauf
quand il s'agit de lui, Jérôme. Il me remercie tout en s'ex-
cusant longuement de me demander un pareil service.

Je me suis assoupi un peu
malgré le mal de dos.
Cela fait deux nuits de suite que je dors
dans la voiture en chien de fusil.
Je voudrais tant m'allonger dans un vrai lit.

J'aurais volontiers accepté l'invitation
à coucher du riche paysan
si je n'avais pas eu peur de retrouver
sa fille dans mon lit et d'être pris
dans une histoire compliquée de perte d'honneur
qui se serait terminée par un vif coup de machette.
Un collier de perles rouges.

Ce n'est pas qu'on pense que je sois
un si bon parti que ça.
C'est une obsession chez certains paysans riches
que d'avoir un intellectuel dans la famille.
Comme autrefois les bourgeois
achetaient les aristocrates désargentés
afin que leurs petits-enfants portent
un nom à particule.

C'est la nuit. Je frappe timidement à la porte. Un vieux
monsieur arrive en traînant les pieds. Excusez-moi de

vous déranger si tard, j'ai une commission pour madame Philomène. C'est Jérôme qui vous envoie ? me fait-il avec un sourire au coin des yeux. Oui. Dites-lui qu'il est le bienvenu ici. Et que je lui offre le gîte. Au retour, j'ai rendu son enveloppe à Monsieur Jérôme. À notre arrivée, les lits étaient déjà préparés. Monsieur Jérôme a passé le reste de la nuit à converser à voix basse avec son beau-père. Le lendemain matin, nous avons pris la route après un café fort. Soupçonnant que les affaires avaient périclité, Monsieur Jérôme n'a pas voulu imposer trop de dépenses à son beau-père qui lui a glissé, au moment de se quitter, que « toute cette histoire n'était qu'un terrible malentendu ». Sur la route, il nous a raconté que l'ami qui devait réparer les ponts entre lui et son beau-père leur avait menti à tous les deux, et que durant les négociations il ne cessait de demander pour lui la main de Philomène, ce que le vieux avait toujours refusé d'accorder.

LA CÉRÉMONIE DES ADIEUX

Mon neveu s'est assis près de moi
sur le capot de la voiture.
Un ciel rose avec des liserés noirs
au-dessus d'un vaste paysage désertique.
Dans un moment il va apparaître,
faisant ainsi naître le monde sous nos yeux,
celui que le romancier Jacques Stephen Alexis
appelle « Compère général soleil ».
La seule raison pour se lever dans un décor si pauvre.

Chaque détail que je remarque
mais que les autres ne voient pas
apporte une nouvelle preuve
que je ne suis plus de la région.
Je n'aspire qu'à la fraîcheur
de l'aube primitive.

Je voudrais perdre
toute conscience
de mon être
pour me fondre

dans la nature
et devenir une feuille,
un nuage
ou le jaune de l'arc-en-ciel.

Nous pissons, mon neveu et moi,
sur le bord de la falaise.
Deux jets continus.
Arcs purs.
Léger sourire de part et d'autre.

J'entends chanter un homme
dont je ne vois pas le visage.
On nous dit que c'est un infirme
qui ne quitte jamais sa chambre.
Un chant si désespéré
qu'il n'a plus rien d'humain.

On nous a apporté du café. J'ai aussitôt dans la bouche
le goût de Césaire. Ce Césaire qui parle de « ceux qui
n'ont exploré ni les mers ni le ciel mais sans qui la terre
ne serait pas la terre ». Ce sont les mêmes qui passent
devant moi, dans ce petit marché qui s'anime doucement.

Les gens d'ici n'ont pas
l'habitude de se plaindre.
Ils ont cette faculté de changer
en chant toute douleur.
Et ce tabac que les femmes

chiquent à midi
à l'ombre de leur large chapeau
leur fait passer le goût amer de la vie.

J'ai glissé dans la sacoche de mon neveu
le vieil exemplaire gondolé par la pluie
du *Cahier d'un retour au pays natal*.
C'est avant de partir qu'on en a besoin.
Pas au retour.

Il semblait, à sa manière, tout heureux de cette balade
qui lui a permis de ne plus confondre la grande ville
avec la paysannerie. On sent qu'il commence à s'ennuyer de ses amis de la faculté et qu'il veut retrouver la
saleté et la violence urbaines. C'est de ça qu'il est fait. On
ne change pas sa nature en quelques jours.

J'ai finalement pris la décision d'y aller seul. Sans autre
protection que celle de ce sang qui court dans mes
veines. J'ai donné ce qu'il me restait d'argent à Monsieur
Jérôme qui l'a d'abord refusé mais je l'ai convaincu qu'il
en ferait un meilleur usage que moi. Deux lettres griffonnées sur le capot brûlant de la voiture. La plus longue
à ma mère et l'autre à l'ancien ministre qui m'avait
offert spontanément sa voiture. Une dernière accolade
à mon neveu avant de monter, avec ma poule noire
pour seule fortune, dans ce tacot brinquebalant qui descend vers Baradères, le village natal de mon père.

Je regarde la Buick 57 filer dans un petit nuage de poussière en allant négocier mon voyage avec le chauffeur.

Vous étiez en bonne compagnie, me fait-il sur un ton complice. Mon neveu et le chauffeur du ministre. C'est ce que vous croyez, moi, j'ai reconnu Zaka. Zaka, le dieu des paysans. Et comment l'avez-vous reconnu? Rire de gorge qui signifie qu'il n'en dira rien. Je me suis trouvé une place à l'arrière du camion.

VOICI BARADÈRES, LE PATELIN DE MON PÈRE

Des sacs de bananes vertes.
Des bidons d'huile.
Du charbon et de la farine.
Des poules, des cabris et même un âne.
Un gros homme ronflant à l'arrière.
Souffle long venant du fond du ventre.

Je fais taire chez moi toute réflexion
même la plus intime
pour me laisser bercer par cette foule
où la frontière entre les hommes et les animaux
semble bien mince tandis que le camion
continue sa route dans cette nature aride.

Une voix douce dans mon dos. Celle d'une femme en
noir dont le mari vient de mourir. La mère et le fils
vivaient à Brooklyn, tandis que le père était resté en
Haïti. Elle raconte son histoire. La première fois qu'elle
l'a vu, c'était à la sortie du lycée. Les amies qui l'accom-
pagnaient se sont moquées de lui. Mais il était si gentil
qu'elle en est tout de suite tombée amoureuse. Il est resté

timide, même dans l'intimité, et cela, jusqu'au dernier jour. C'était un homme délicat. Il est mort d'un cancer de la gorge, sans une plainte. Il s'appelait Séraphin.

Le cercueil est à l'arrière. Bien ficelé sur un banc. La place de six passagers. Comme c'est un mort la veuve n'a payé que pour quatre places. Elle n'aurait rien eu à payer si elle avait consenti à ce qu'on attache le cercueil sur le toit du camion. Elle a décidé que, quel que soit le prix, Séraphin n'irait pas dans la poussière là-haut avec les cabris et les poules. Ils feront le dernier voyage ensemble.

Son jeune fils est en chemise blanche
et cravate noire.
La tête appuyée sur l'épaule de sa mère.
Sombre et silencieux.
J'entends ma voisine chuchoter :
« C'est le portrait craché du père. »
Elle l'a bien connu.

Au fond, je suis dans la même situation.
Sauf que je n'ai pas de cadavre avec moi.
Et presque aucun souvenir du défunt.
Ce voyage, c'est pour le ramener
dans son patelin que je découvre en même temps.

Des funérailles sans cadavre.
Une cérémonie si intime
qu'elle ne concerne que moi.

Père et fils, pour une fois
seul à seul.

Partir sans laisser de traces.
Ni personne pour se souvenir de vous.
Seul un dieu mérite pareil destin.

Voici Baradères sous la pluie.
Il pleut depuis deux jours.
L'eau monte vite ici.
Des maisons sur pilotis.
Le camion tourne lentement derrière l'église.

On découvre un modeste cimetière
sous l'eau où de petits poissons dorés
pénètrent par les cavités dans le corps
des morts fraîchement enterrés.

Un petit groupe attendait
au pied de la grande croix.
Trempé jusqu'aux os.
Gravité de la mort.

Le jeune homme à cravate noire
hésite à descendre du camion.
Il ne connaît pas tous ces parents
qui semblent surgir d'un autre temps.
Ni cette ville noyée sous la pluie.
Ni ce cimetière où l'on va enterrer son père.
De Brooklyn on a du mal à imaginer Baradères.

Il y a dans chaque cimetière
une grande croix noire à l'entrée.
Cette tombe vide qui n'appartient à aucun mort.
C'est ici que vit Baron Samedi,
ce dieu paillard et funèbre
qui sert de concierge au cimetière où
personne ne pénètre sans sa permission.

On circule dans les rues illuminées
des grandes métropoles du monde
avec nos airs urbains et nos politesses apprises
ignorant que nos vies sont gorgées
de sentiments secrets et de chants sacrés
oubliés quelque part en nous
et qui ne resurgiront qu'à nos funérailles.

Nous avons deux vies.
Une qui est à nous.
La seconde qui appartient
à ceux qui nous connaissent
depuis l'enfance.

La langue de la mère.
Le pays du père.
Le regard hébété du fils
qui découvre en un jour
un tel héritage.

On emmène le cercueil au pas de course
vers le fond du cimetière.

Par-delà les dernières tombes fleuries.
Quelques stèles pêle-mêle dans l'herbe haute
où paradent de gros poissons roses.
Les bonnes places, près de l'entrée,
sont réservées à ceux qui n'ont
jamais quitté Baradères.

Cette petite frappe qui sème
la terreur à Brooklyn
se découvre subitement
des origines
dans un bled perdu.

Il se penche pour attraper à mains nues
un poisson rose chargé d'électricité.
Ce qui le fait danser sur un pied.
Le poisson en profite pour s'échapper
provoquant une hilarité générale.

Je me tiens un peu à l'écart
pour assister à la cérémonie
sans trop déranger.
Personne ne semble remarquer ma présence.
C'est ce qu'on veut me faire croire.
Je connais maintenant la discrétion
des gens de cette région du monde.

Un homme s'approche de moi avec des manières d'un
autre temps. Cela nous ferait grand plaisir de vous avoir
tout à l'heure parmi nous, me dit-il. J'ai appris plus tard

qu'il avait travaillé à l'Unesco comme traducteur et qu'à sa retraite il était revenu vivre ici. Cet incessant va-et-vient entre le monde rural et le monde urbain resserre le lien entre culture et agriculture.

La maison où l'on nous reçoit après la cérémonie se trouve sur le flanc d'une colline déboisée. Les gamins, mêlés à de jeunes cabris, n'arrêtent pas de dévaler la pente. Je m'assois, pour faire sécher mes vêtements, près d'un grand feu où l'on fait boucaner des épis de maïs sous la cendre. Une petite fille avec une jolie robe bleue et des yeux vifs m'apporte une tasse de café. Elle fait une légère génuflexion pour me saluer. Je l'embrasse sur le front. Elle ouvre grand les yeux sur moi avant de s'en-fuir en courant. Le retraité polyglotte me confie dans une tempête de salive qu'il a enfin du temps pour relire l'*Énéide*.

Personne ne m'a demandé
d'où je venais ni où j'allais.
Mon passé ne compte pas plus que mon futur.
On m'a accepté dans ce grave présent
sans exiger des comptes.

Ciel étoilé
qui me fait rêver
aux soirs ardents sur la galerie
avec ma mère
et bien sûr à Baudelaire dont
Le Balcon était le poème préféré
de mon père.

Je revois aussi les pique-niques
qu'organisait tante Ninine au début de juillet.
Et d'autres précieux souvenirs
qui me font sentir, aujourd'hui,
que cette enfance ne fut qu'une
interminable saison ensoleillée,
bien que parfois pluvieuse.
Rien de plus éclatant qu'un soleil sous la pluie.

Je me sens tout à coup si léger.
Le ciel n'est pas plus loin
que cette feuille de bananier
que ma tête frôle.

UN DANDY MEURT EN DANDY

Je m'enfonce dans cette bananeraie
traversée par un ruisseau
dont j'ai entendu le chant
avant de découvrir dans la pénombre
le dos brillant
sous les reflets de la lune.

Je découvre un vieil homme
endormi sous un bananier.
Quel genre de vie
a-t-il mené
pour continuer à sourire
dans son rêve?

J'imagine qu'elle fut différente de celle
de l'ancien ministre qui passe ses nuits
dans un musée où la plupart des tableaux
reproduisent le cadre champêtre où dort ce paysan.
L'un vit dans le rêve de l'autre.

Je retraverse le petit cimetière.
La terre a bu toute l'eau du ciel.

Les morts avaient soif
mais leur préférence va
à l'eau-de-vie.

Je n'ai eu qu'à lever la tête
pour voir Sirius
sur le cou du grand chien.
C'est avec l'étoile la plus brillante
que je passerai la nuit.

Je me suis assis
dans la nuit
sur une tombe
pour fumer une cigarette.
Et penser à mon père.

Cet adolescent qui courait hier encore
presque nu sous la pluie
dans les rues de Baradères
aurait pu finir sa vie
comme ses compagnons
qui n'ont pas quitté le village natal.
Et ne jamais connaître
un si étrange destin.

Ce sentier, fait d'herbe piétinée, traverse le cimetière
pour déboucher sur un chemin rocailleux qui mène à la
route départementale. C'est le premier qu'il a pris pour
se rendre à Port-au-Prince. Et des années plus tard, à La
Havane, Paris, Gênes, Buenos Aires, Berlin, Rome, les

métropoles du monde. Enfin New York où je l'ai vu dernièrement tout raide dans ce costume d'alpaga noir avec une magnifique cravate de même couleur. Toujours élégamment mis. Comme ceux de sa génération. Le seul trait personnel : ce sourire épinglé sur son visage, témoin de l'ultime spasme de douleur.

Ma mère m'a longuement questionné
pour savoir ce qu'il portait pour les funérailles.
Chaque détail de sa toilette
comptait pour lui — et aujourd'hui pour elle.
Je n'ai retenu que ses mains
et son sourire.

Au fond, un dandy reste un dandy. Surtout quand il ne fait pas attention à lui-même. La forme peut changer. Le caractère, jamais. Si le caractère ne change pas, l'adolescent de Baradères savait tout alors. Tous les chemins qu'il devrait emprunter plus tard étaient déjà en lui.

Il a dû, en une nuit comme celle-ci,
voir se déployer dans le ciel
cette carte grandeur nature où sont indiqués
tous les hôpitaux, les prisons, les ambassades,
les fêtes factices et les nuits de solitude
auxquels il aurait à faire face un jour.

Et si la lune était pleine et claire
il a dû voir ma vie aussi
en prolongement de la sienne
et si semblable à la sienne.

Nous avons chacun notre dictateur.
Lui, c'est le père, Papa Doc.
Moi, le fils, Baby Doc.
Puis l'exil sans retour pour lui.
Et ce retour énigmatique pour moi.

Mon père est revenu
dans son village natal.
Je l'ai ramené.
Pas le corps que la glace
brûlera jusqu'à l'os.
Mais l'esprit qui lui a permis
de faire face
à la plus haute solitude.

Pour affronter cette solitude
durant ces jours gris
et ces nuits froides
combien de fois a-t-il fait
dérouler dans sa tête
les images primitives
d'un Baradères sous la pluie?

Lui, à Baradères.
Moi, à Petit-Goâve.
Puis, chacun suit son chemin
dans le vaste monde.
Pour revenir au point de départ.

Il m'a donné naissance.
Je m'occupe de sa mort.

Entre naissance et mort,
on s'est à peine croisés.

Je n'ai aucun souvenir
de mon père dont je sois sûr.
Qui ne soit qu'à moi.
Il n'y a aucune photo
de nous deux seuls ensemble.
Sauf dans la mémoire
de ma mère.

L'ENFANT DU PAYS

Je n'ai pas vu arriver
le nouveau jour que déjà
j'entends la rumeur de la petite ville
qui se réveille comme une servante.
Sur la pointe des pieds.

Une femme m'apporte du café.
La tasse blanche.
La nappe brodée.
Elle a attendu que je finisse de boire.
La manière de dire bonjour à Baradères.

L'homme est arrivé un peu plus tard. Avec son chapeau
sur la poitrine. Je lui fais une place à côté de moi. Il s'assoit. Il ne dit rien pendant un long moment. C'est ma
tombe, murmure-t-il. Toute ma famille y est enterrée
depuis quatre générations. Je me mets immédiatement
debout. Restez. C'est un honneur pour nous. De nouveau ce silence que je n'entends pas rompre. C'est ma
femme qui vous a reconnu. Ah, vous me connaissez?

Legba. Il me confond avec le dieu qui se tient à la frontière du monde visible et du monde invisible. Celui qui vous permet de passer d'un monde à l'autre. Je n'étais pas dans le pays. On le sait. Je suis venu enterrer mon père, et c'est moi qu'on accueille comme un dieu dans sa ville natale. On vous attendait, fait-il gravement. Mais je ne suis pas Legba. Vous êtes le fils de Windsor K, mon camarade de classe. On a fait nos classes primaires ici ensemble. Me voilà bouche bée. Si on ne savait pas qui vous étiez, vous ne seriez plus vivant à cette heure. Vous n'êtes pas le premier qui revient enterrer un proche. Ah bon. Mais c'est la première fois que j'en vois un sans cadavre. Et puis vous êtes accompagné de Legba. Et Legba qui a choisi de passer la nuit sur notre tombe. Nous ne méritons pas un tel honneur. À quel signe avez-vous reconnu Legba? La poule noire. La poule? Oui, la poule noire. Bien sûr, la poule noire. Il faut parfois faire semblant de comprendre, car personne ne vous expliquera ici ce que vous êtes censé savoir.

Un grand chien maigre et galeux
vient se frotter contre sa jambe.
Je me demande si lui aussi
n'est pas un dieu.
La constellation du chien que j'ai vue cette nuit.

Les enfants traversent le cimetière
pour se rendre à l'école.
En passant ils frôlent de leur paume

la tombe de leurs ancêtres.
Afin de garder un contact quotidien
avec ce monde.

DERNIER SOMMEIL

Par la route ou par la mer ?
Je choisis la mer.
Justement, me dit l'homme, il y a un voilier
qui s'apprête à quitter le port.
C'est à mon cousin Rommel.
Village de cousins.

On va d'abord chercher du bois à La Gonâve
qu'il faudra livrer à Pestel.
Quelques femmes montent à bord de *L'Épiphanie.*
Il leur faut de l'huile, du sel et de la farine.
Elles imposent dans le voilier
la cadence d'une vie concrète.

On pêche en chemin.
Sur la grande route salée.
Surtout du poisson capitaine.
Les femmes ne regardent jamais l'eau.
La moitié de l'équipage ne sait pas nager.

La mer était interdite à l'esclave.
De la plage, il pouvait rêver à l'Afrique.

Et un esclave nostalgique
ne vaut plus grand-chose
dans la plantation.
Il fallait l'abattre pour que sa tristesse
ne contamine pas les autres.

Un soleil éclatant
dans un ciel sans nuages
et cette mer turquoise bordée de cocotiers
n'est qu'une rêverie
d'homme du Nord qui tente
de fuir le froid et la grisaille de février.

De mon coin je note :
Féroce beauté.
Éternel été.
Mort au soleil.

Nous mouillons à chaque crique où des cousines attendent les marchandises dans des marchés bruyants. On en profite pour se procurer des produits de première nécessité. De nouvelles marchandes montent à bord avec cette flamme au corps qui les apparente à la déesse Erzulie Freda Dahomey. Les hommes les observent d'un œil somnolent. On noue une intrigue et, à la prochaine crique, une machette neuve vous attend au soleil.

Avant de descendre cette femme voulait acheter ma poule pour la revendre, disait-elle, au prochain marché. Simplement pour m'en délivrer car elle me la céderait au prix d'achat et ne ferait donc aucun bénéfice. Ma voisine s'est interposée. Plus tard, elle m'a fait jurer de ne jamais vendre cette poule noire quoi qu'il arrive. Mais ça, je le savais.

Les hommes sont des cultivateurs
qui travaillent pas loin de leur case.
Les femmes connaissent chacun
de ces minuscules villages où
elles vont vendre leurs légumes.
Les jaloux obligent leurs femmes
à rester au marché local.

Cette gazelle aux chevilles si fines
accompagne sa mère.
Tête baissée.
Regard de biais.
Elle observe tout
pour le jour où elle aura
à faire seule le trajet.

Au loin, un petit groupe
de gens sur la grève.
On annonce : « Les Abricots. »
Les Indiens croyaient
que c'était le paradis.
J'y arrive enfin.

De grands arbres dont
les branches ploient

jusqu'à toucher la mer.
De gros poissons roses
encore frétillants dans
la barque des pêcheurs.
Des gosses au nombril en fleur
dévorant des mangues parfumées.
La vie langoureuse d'avant Colomb.

Pas trop sûr d'être
dans un temps réel
en m'avançant vers
ce paysage longtemps rêvé.
Trop de bouquins lus.
Trop de peintures vues.
Regarder un jour les choses
dans leur beauté nue.

Toujours trop d'espoir devant soi.
Et trop de déceptions derrière soi.
La vie est ce long ruban
qui se déroule sans temps morts
et dans un mouvement souple
qui alterne espoir et déception.

Je poursuis ma route
vers cette petite chaumière
au fond d'une bananeraie.
Le café est préparé
par une princesse amérindienne
aux pommettes hautes

et au souffle pur
de femme des hauts plateaux.

Dans le hamac,
une invention précolombienne
qui en dit long
sur le degré de raffinement
de cette société,
on peut passer sa vie
à faire la sieste.

Trois mois en fait
pour sortir de l'intensité urbaine
qui rythmait auparavant ma vie.
Trois mois à dormir
protégé par un village entier
qui semble connaître la source
de cette douce maladie du sommeil.

Ce n'est plus l'hiver.
Ce n'est plus l'été.
Ce n'est plus le Nord.
Ce n'est plus le Sud.
La vie sphérique, enfin.

Ma vie d'avant semble si loin.
Cette vie où je fus journaliste, exilé,
ouvrier, et même écrivain.
Et où j'ai rencontré tant de gens
pour qui je ne suis plus aujourd'hui
qu'une silhouette en train de s'effacer.

De modestes maisons dispersées dans le paysage.
Rien ici pour rappeler le génocide indien
si savamment orchestré par l'Espagnol.
La main sur sa croix d'Alcantara
Nicolás de Ovando donna le signal d'un massacre
que la mémoire arawak se refuse à oublier.

Une main douce
sur mon front apaise la fièvre.
Je somnole entre aube et crépuscule.
Et dors le reste du temps.

Bercé par la musique
du vieux vent caraïbe
je regarde la poule noire
déterrer un ver de terre
qui s'agite dans son bec.
Je me vois ainsi dans la gueule du temps.

On me vit aussi sourire
dans mon sommeil.
Comme l'enfant que je fus
du temps heureux de ma grand-mère.
Un temps enfin revenu.
C'est la fin du voyage.

Table des matières

Gil Adamson
  La Veuve

Georges Anglade
  Les Blancs de mémoire

Emmanuel Aquin
  Désincarnations
  Icare
  Incarnations
  Réincarnations

Denys Arcand
  L'Âge des ténèbres
  Le Déclin de l'Empire américain
  Les gens adorent les guerres
  Les Invasions barbares
  Jésus de Montréal

Gilles Archambault
  À voix basse
  Les Choses d'un jour
  Comme une panthère noire
  Courir à sa perte
  De l'autre côté du pont
  De si douces dérives
  Enfances lointaines
  La Fleur aux dents
  La Fuite immobile
  Les Maladresses du cœur
  Nous étions jeunes encore
  L'Obsédante Obèse et autres agressions
  L'Ombre légère
  Parlons de moi
  Les Pins parasols
  Les Rives prochaines
  Stupeurs et autres écrits

Le Tendre Matin
Tu ne me dis jamais que je suis belle
La Vie à trois
Le Voyageur distrait
Un après-midi de septembre
Un homme plein d'enfance

Margaret Atwood
  Cibles mouvantes
  L'Odyssée de Pénélope

Edem Awumey
  Les Pieds sales

Michel Bergeron
  Siou Song

Hélène de Billy
  Maurice ou la vie ouverte

Nadine Bismuth
  Êtes-vous mariée à un psychopathe?
  *Les gens fidèles ne font pas
    les nouvelles*
  Scrapbook

Lise Bissonnette
  Choses crues
  Marie suivait l'été
  Quittes et Doubles
  Un lieu approprié

Neil Bissoondath
  À l'aube de lendemains précaires
  Arracher les montagnes
  Cartes postales de l'enfer
  La Clameur des ténèbres
  Tous ces mondes en elle
  Un baume pour le cœur

Hélène Le Beau
Adieu Agnès
La Chute du corps

Rachel Leclerc
Noces de sable
Ruelle Océan
Visions volées

Louis Lefebvre
Guanahani
Table rase
Le Troisième Ange à gauche

François Lepage
Le Dilemme du prisonnier

Robert Lévesque
Récits bariolés

Alistair MacLeod
La Perte et le Fracas

Francis Magnenot
Italienne

André Major
L'Esprit vagabond
Histoires de déserteurs
La Vie provisoire

Gilles Marcotte
Une mission difficile
La Vie réelle
La Mort de Maurice Duplessis
et autres nouvelles
Le Manuscrit Phaneuf

Yann Martel
Paul en Finlande

Alexis Martin
Bureaux

Alexis Martin
et Jean-Pierre Ronfard
Transit section n° 20
suivi de *Hitler*

Maya Merrick
Sextant

Stéfani Meunier
Au bout du chemin
Ce n'est pas une façon de dire adieu
Et je te demanderai la mer
L'Étrangère

Anne Michaels
La Mémoire en fuite

Michel Michaud
Cœur de cannibale

Marco Micone
Le Figuier enchanté

Christian Mistral
Léon, Coco et Mulligan
Sylvia au bout du rouleau ivre
Vacuum
Valium
Vamp
Vautour

Hélène Monette
Le Blanc des yeux
Il y a quelqu'un ?
Plaisirs et Paysages kitsch
Thérèse pour Joie et Orchestre
Un jardin dans la nuit
Unless

Pierre Monette
Dernier automne

Caroline Montpetit
L'Enfant
Tomber du ciel

Lisa Moore
Alligator
Les Chambres nuptiales
Open

Pierre Morency
Amouraska

Yan Muckle
Le Bout de la terre

Alice Munro
Du côté de Castle Rock
Fugitives

Pierre Nepveu
Des mondes peu habités
L'Hiver de Mira Christophe

Émile Ollivier
La Brûlerie

Michael Ondaatje
Divisadero
Le Fantôme d'Anil

Véronique Papineau
Petites Histoires avec un chat dedans
(sauf une)

Eduardo Antonio Parra
Terre de personne

Viktor Pelevine
Minotaure.com

Ce livre a été imprimé sur du papier 100 % postconsommation,
traité sans chlore, certifié ÉcoLogo
et fabriqué dans une usine fonctionnant au biogaz.

MISE EN PAGES ET TYPOGRAPHIE :
LES ÉDITIONS DU BORÉAL

CE HUITIÈME TIRAGE A ÉTÉ ACHEVÉ D'IMPRIMER EN DÉCEMBRE 2009
SUR LES PRESSES DE TRANSCONTINENTAL GAGNÉ
À LOUISEVILLE (QUÉBEC).